JN034990
「貴方にはこれから、お嬢様のお世話係になっていただきたいと思います」
「……はい？」
あまりにも想定外の提案をされ、
俺は首を傾げた。

天王寺美麗
てんのうじみれい
雛子をライバル視する
お嬢様。自分に厳しく、
人に優しい。
旭可憐
あさひかれん
明るくて親しみやすい、
ムードメーカー。
都島成香
みやこじまなりか
普段は目つきが鋭い
クール美人。だが、実際は
コミュニケーションが
苦手な恥ずかしがり屋。

此花雛子
このはなひなこ
国内随一の財閥のお嬢様。
表向きは品行方正だが、
実は怠け者で甘えん坊。
ポテチが大好き。
友成伊月
ともなりいつき
誘拐に巻き込まれたことで
雛子に気に入られた一般庶民。
雛子のお世話係として、
身分を偽って学園に転入する。

「着替え……手伝って」

才女のお世話 1

高嶺の花だらけな名門校で、学院一のお嬢様（生活能力皆無）を陰ながらお世話することになりました

坂石遊作

HJ文庫
936

口絵・本文イラスト　みわべさくら

contents

◆ ◆ ◆

saijo no osewa

プロローグ

日本で上位三つに入る名門校——貴皇学院。

かつて総理大臣や有名企業の社長など、国の中核を担う人材を輩出してきたこの学院には、今も富豪の子女たちが数多く在籍している。

生徒たちの進路は殆ど政治家か経営者に二分されており、その授業内容は必然と高度なものになっていた。お屋敷のような学び舎だが、生徒たちは蝶よ花よと育てられるわけではない。貴皇学院では常に、一流の教師たちによる一流の授業が行われている。

しかし——そのような特殊な学院にも、スクールカーストというものは存在する。

現在、貴皇学院の頂点に君臨するのは一人の少女だった。

総資産は凡そ三百兆円。

この国に住む者ならば誰もが知っている財閥系——此花グループ。

その令嬢である、此花雛子だ。

「此花さん、ごきげんよう」

「ごきげんよう」

琥珀色の髪をなびかせた彼女は、清楚な笑みと共に挨拶を交わした。

「ああ、今日も素敵ね……此花さん」

「俺、あの人と同じクラスってだけで、この一年間幸せに過ごせそうだ……」

背筋を真っ直ぐ伸ばして、気品を醸し出しながら少女は学院を歩く。

「こ、此花さん！　今日の放課後、庭園でお茶会を開くつもりなのですが……よ、よろしければ一緒にどうですか？」

「素敵ですね。是非、参加させていただきます」

「此花さん。この前の授業でちょっと分からないことがあったんだけど……」

「私でよければ伺いますよ」

容姿端麗で文武両道。そんな彼女は、一部では完璧なお嬢様と呼ばれている。

人気者で、いつも色んな人に囲まれている彼女を――俺は遠くから見守っていた。

「よお、友成。お前また此花さんのこと見てたのか」

隣に座る男子生徒から声を掛けられる。

「……バレましたか」

「やめとけって。流石にあの人は、高嶺の花だぜ？」

高嶺の花ねぇ……。

学院で唯一の庶民である俺にとっては、この学院に通う女子生徒、全員が高嶺の花だ。

「っと。次は移動教室か。俺、トイレ寄りたいから先行くわ」

そう言って学友は、教室を出て行った。

休み時間。クラスメイトたちが廊下に出たあと、俺はゆっくりと彼女に近づく。

「此花さん、そろそろ移動しないと授業に間に合いませんよ」

教室には俺と彼女の二人しかいない。

完璧なお嬢様とまで呼ばれるその少女は——机に突っ伏したまま微動だにしなかった。

「此花さん？」

「……口調」

「……我儘言ってる場合じゃないですって。ほら、早く」

「口調」

少しだけ語気を強くされる。

俺は周囲に人影がないことを確認してから、その要望に応えることにした。

「……雛子。さっさと移動するぞ」

そう言うと、少女はふにゃりと顔を綻ばせる。

「えへー……」

完璧なお嬢様とは程遠い、だらけきった様子だった。

少女はゆっくりと上半身を起こし、両手を俺の方へ向ける。

「だっこしてー」

「……勘弁してくれ。そんなことして、人に見られたらどうするんだ」

「私は別にいいけどー……」

「俺が此花家に殺されるわ」

そう言うと、少女は唇を尖らせた。

「授業行きたくなーい」

「駄目だ」

「帰りたい。寝たい。ポテチ食べたーい」

「ポテチなら屋敷に帰ってから用意するから、いい加減、動いてくれ」

「ぬー……」

どうしても動かない少女に、俺は溜息を吐いた。

仕方ない。無理矢理、引っ張って教室から出そう。

そう思った直後――不意に、ガラリと教室の扉が開いた。

「あら、二人ともまだ残っていたんですか。次は移動教室ですよ？」

担任の女教師が、教室に残る俺と少女を見て言う。

「あ、いや、その――」

「――すみません。少し授業で分からないことがあったため、友成君と話していました」

咄嗟に言い訳が出なかった俺の代わりに、少女が説明した。その表情は、先程までの甘えきったものではない。学院の生徒たちが良く知る、完璧なお嬢様のものだ。

「そうでしたか。休み時間も勉強に勤しむとは感心ですね」

先生が頷きながら言う。

「どうかしましたか、友成君？　そろそろ教室へ向かいましょう」

「……………………そうですね」

相変わらず、人前に立っている時は完璧な演技をしてみせる。

釈然としない気持ちで頷き、彼女と共に教室を出た。

俺は天才でもなければ秀才でもないし、実家は金持ちどころか、その対極である。

平凡な庶民である俺が、どうしてこんな名門校に通うことになったのか。

その理由を語るには、一ヶ月前の事件について説明する必要がある。

全ては俺が――此花雛子のお世話係になったことで、始まった。

一章 ◆ 両親が夜逃げして、俺は拉致された

「達者でな」

　なんて台詞を、まさか両親から告げられるとは思わなかった。

　ハードボイルド系の洋画か漫画にでも影響されたのか、そう口にした父と母は、家賃二万円のボロアパートから出て行った。時刻は午後十時。居酒屋にでも行ってくるのか？

　まあ日を跨ぐ頃には帰ってくるだろう……などと、その時の俺は思っていたが。

　それから何日経っても、俺の両親はアパートに帰ってこなかった。

　どうやら俺は捨てられたらしい。

「……嘘だろ」

　俺が捨てられたというより、両親が夜逃げしたようだ。

　元々、我が家の家計は火の車で、大体その原因は父の酒好きと母のギャンブル好きだった。その評判は周囲の人々にも伝わっていたらしく、両親が夜逃げする場面をご近所さんは目撃していた。俺はご近所さんから両親が慌てた様子で何処かへ走り去ったとの話を聞

き、ようやく現状を理解することができた。

「……ていうか俺、明日、高校の始業式なんだけど」

今思えば、高校に通えたこと自体、奇跡かもしれない。

両親の世話をしつつ、毎日バイト漬けで学費を稼ぎ、どうにか二年目も通えることになったはずだが……今は分からない。家賃は？　光熱費は？　食費は？　今までも殆ど俺の稼ぎで生きてきたようなものだが、家賃等は親も多少負担してくれていた。急にその全てを負担することはできない。

……昼飯でも買いに行くか。

思考を放棄する。

時計は午後四時を示していた。今朝から何も口に入れていない。家中、探し回ったが金は全く残っていなかったため、俺の所持金は偶々財布に入っていた二百円だけだった。

警察に相談すればいいのか？　その前に学校の友人に相談してみるか？　いや、相談したところで迷惑をかけるだけな気がする。

明るい日差しを浴びて、気分が一層憂鬱になった。

見慣れた街を歩いていると、どこからか話し声が聞こえる。

「うふふ」

「まあ、そうなんですの」

随分と高貴な相槌だ。

見れば、清楚な学生服に身を包んだ二人組の女子生徒が緩やかな坂道を歩いていた。

聞いたことがある。あの緩やかな坂道を上った先には、この国でも上位三つに入る名門校があるらしい。一般的な進学校とは別のニュアンスで、悪い言い方をすれば金持ち学校である。

その学校には富豪の子女、つまりお嬢様やお坊ちゃまばかりが在籍しているらしい。偏差値は極めて高く、設備はゴージャスで、授業の内容は高校とは思えないほど本格的。色んな意味で洗練された日々を送っているそうだ。俺が通う高校の始業式は明日だが、彼女たちの通う学校は既に始まっていたのだろう。名門校は長期休暇が短いのかもしれない。

「住んでる世界が違うなぁ…………笑えねぇ」

歩く所作からして既に違う。育ちの良さが滲み出ている。もはや妬ましいという感情すら湧かない。

しかし、その学校の生徒がこんなところを歩いているのは珍しい。

今は放課後にあたる時間帯だが、確かあの学校に通う子女たちは車で送迎されているはずだ。こんな街中で見るのは珍しい。

「……ん？」

コンビニに向かう途中、足元に名刺入れのようなものが落ちていることに気づいた。

拾い上げて中を見てみる。――学生証だ。

どうやら先程の二人の少女のうち、片方が落としたものらしい。

「此花雛子、ね。……いや、名前を確認している場合じゃないか」

落とした本人は目の前にいるのだ。わざわざ名前や住所を確認する必要はない。

走ると簡単に追いつくことができた。一緒に歩いていた友人とは既に別れた後なのか、今は一人で歩いている。

「あの、すみません！」

呼びかけると、少女が振り向いた。

明るい琥珀色の髪がなびき、日に照らされた端整な横顔が見える。これぞ見返り美人か、なんて思いながらその姿に見惚れていると――。

「――え？」

唐突に、黒塗りの車が少女の真横に停車した。

車の扉が開き、中から二人の屈強な男が現れる。

男たちはあっという間に少女を車の中に引きずり込んだ。

——何が起きている？

いや、何が起きているのかは一目瞭然だ。ただそれが、漫画やドラマでしか見たことがない非現実的なものだから、驚愕しているだけで……。

驚いている場合ではない。

今、俺の目の前で——誘拐が行われようとしている。

「ちょ、ちょっと待った!!」

見て見ぬ振りはできないと判断した俺は、つい大声を出した。

「なんだ、てめぇ!!」

「この女の知り合いか!?」

誘拐犯と思しき二人組の男が叫ぶ。

不幸にも辺りに俺たち以外の人影はない。だから先程の俺の大声は、この二人を焦らせるだけになってしまった。

「ちっ、目撃者を逃がすわけにはいかねぇ！　てめぇも来い！」

「うわ——っ!?」

強引に腕を掴まれ、そのまま車の中まで引っ張られる。

こうして俺は、一人の少女と共に誘拐された。

「おし、これで動けねぇだろ。お前ら、じっとしてろよ」

誘拐犯の片割れである小柄な男が言った。

俺たちは今、廃工場の奥にいる。どうやらこの誘拐はかなり計画的なものだったらしく、俺と少女はあらかじめ用意されていた手錠と足枷で両手両足を縛られていた。更に俺と少女の手錠が、太い鎖で繋がれている。

「……あの、俺の親は身代金なんて払えないと思うんですけど」

「うるせぇ。てめぇはついでだ」

吐き捨てるように誘拐犯は言った。

溜息が零れる。両親には夜逃げされ、誘拐には巻き込まれ。……俺は前世で何かとんでもない悪事を働いたんだろうか。

気力が潰える。どのみち俺はお先真っ暗だ。誘拐の結末がどうなろうと未来はない。

「ツイてますね、兄貴。コイツ此花家の令嬢ですよ。ターゲットの中でも一番の大当たりじゃないっすか？」

「ああ……此花家と言ったら、貴皇学院の生徒でも一、二を争う金持ちだ。こりゃあ身代金も相当搾り取れるぞ」

二人の誘拐犯が下卑た笑みを浮かべながら話し合う。

彼らの話を聞きながら、俺は隣で同じように手錠をかけられている少女を見た。

身代金以外の目的で攫われてもおかしくない。それほどの整った容姿だった。瞳は円らで無垢な印象を受けるが、その奥には知性を感じさせるものがあり、可愛らしさと聡明さが同居している。真っ直ぐな鼻梁からは気品を感じ、湿り気を帯びた朱唇からは愛らしさを感じた。明るい琥珀色の髪は絹のように艶があり、肌は初雪の如く白くてきめ細か。手足もスラリと伸びている。

「……ねえ」

少女が声を漏らす。

なんというか……街中で見た時とは少し態度が違う。街で見た時の彼女はいかにもお嬢様らしい雰囲気を醸し出していたが、今は気怠げで憂鬱そうだった。

そりゃそうか――誘拐されているんだから不安に違いない。いつも通りの態度でいられないのは当たり前だ。名門校に通うこのお嬢様は、俺と違って将来が約束されている。だからこそ、俺とは比べ物にならないほど恐怖を感じているのだろう。

お先真っ暗な俺でも、せめて目の前の少女くらい、慰められるかもしれない。

俺は必死に言葉を選んで、少女を元気づけようとした。

「だ、大丈夫だ。身代金目当ての誘拐って、確か成功率が滅茶苦茶低かったし――」

「トイレ」

「それに日本の警察は優秀だから、このまま待っていれば…………は?」

聞き間違いか?

なんだか今、ものすごくマイペースな言葉を聞いたような。

「トイレ。漏れちゃう」

その少女は、力強く尿意を示した。

由緒正しいお嬢様とて人間だ。だから当然、トイレにも行きたくなるだろう。

でもそれ今、言う? しかもそんな冷静に。

「どうすればいい?」

「え。いや、どうって言われても……」

「漏れちゃう」

口調が淡々としているので分かりにくいが、多分、困っているのだろう。

俺はどこか釈然としない気持ちになりながらも、目の前にいる小柄な男に声をかけた。

「あの! こちらのお嬢様が、何か言っております!」

「……あん?」

首を傾(かし)げる誘拐犯。少女は物怖(ものお)じすることなく、二人組の男に言った。

「トイレ」

「……はぁ？」

「漏れちゃう」

誘拐犯たちも流石に想定外の反応だったのか、目を丸くしていた。

この少女、全く恐(おそ)れていない。

「……漏らしたきゃ漏らせよ。変に動かれたら面倒(めんどう)だしな」

苛立(いらだ)たしげに誘拐犯の一人が言う。

しかし少女はその返答に焦(あせ)ることなく、告げる。

「いいの？」

なんて純粋(じゅんすい)な目。お漏らしをすることに一切(いっさい)の抵抗(ていこう)がないようだった。野良猫(のらねこ)でも、まだ申し訳なさそうな顔で漏らす。

「だ、駄目だと思うぞ。我慢(がまん)できるなら、我慢して欲(ほ)しい。……俺のためにも」

硬直(こうちょく)する誘拐犯たちに代わって、俺が指摘(してき)する。

俺とこのお嬢様は鎖で繋がれているので、そう遠くまで離(はな)れることができない。お嬢様が漏らしたら俺も被害(ひがい)を受けそうだ。

「……連れてってやれ」

誘拐犯のうち、背の高い方の男が言った。

「でも、兄貴」

「何日立てこもるか分からねぇんだ。汚いのは嫌だろ」

兄貴分の言葉に弟分は納得したのか、後ろ髪を掻きながら少女のもとへ近づく。

「ちっ……鎖は外さねぇからな」

誘拐犯は少女と俺の足枷を外した。

少女と手錠の鎖で繋げられている俺も、一緒にトイレへ移動する。少女は俺たちの目の前で恥じらうことなく個室に入った。

やがて個室から出てきた少女は、手をぎこちなく洗ったあと、俺と誘拐犯の顔を見る。

「スッキリした」

「「報告せんでいい」」

誘拐犯と俺の突っ込みが重なった。

妙な疲労感を覚えながら、俺たちは元の場所へと戻り、足枷をはめられた。

「ねえ」

少女が再び、誘拐犯たちに声を掛ける。

「……今度はなんだよ」

「お茶」

お前、無敵かよ。

誘拐犯たちも唖然(あぜん)としてるじゃねーか。

「あ、兄貴……コイツ、本当に此花家の娘(むすめ)っすか？　そんな風には見えないような……」

「そう、だな。……別人か？　いや、しかしそんなはずは……」

困惑(こんわく)しながら、兄貴分の男が少女に近づいた。

「おい。てめぇ、此花家の一人娘(ひとりむすめ)だよな？」

「そうだけど。お茶は？」

マイペース過ぎるだろ。誘拐犯も目を点にして驚いている。

「ま、まあいい。飲み物くらい出してやるよ。餓死(がし)されても困るしな。……その代わり、協力的な態度を取ってもらうぞ」

そう言って誘拐犯は一本のペットボトルを少女の傍(そば)に置いた。

しかしそれは、ミネラルウォーターだった。

「私、お茶って言ったんだけど」

「なっ!?　ぜ、贅沢(ぜいたく)言うんじゃねぇ！　水でいいだろうが！」

「お茶が飲みたい。あと、お菓子も」

少女が言うと、男の額に青筋が立った。

「おい！　そこの男！　てめぇ、この女の世話しとけ！」

「なんで俺が⁉」

「俺たちは今、忙しいんだよ！」

誘拐犯の男が怒鳴る。

両手両足の自由を奪われた俺にできることなんて殆どないが……渋々、首を縦に振った。

「ねえ。お菓子は？」

「……無いみたいです」

「……そう」

少女は不服そうにペットボトルを手に取った。

しばらくすると、少女の方からボタボタと何かの零れる音がする。

振り向けば、ずぶ濡れの少女がいた。

「うわっ⁉　な、なんでそんなに濡れてんだよ……」

「……さぁ？」

首を傾げながら少女がペットボトルを口元で傾ける。しかし唇と飲み口が離れているせいで、水は少女の顔面に流れ落ち、そのまま服に染みこんだ。

「いや、こぼれてるって！」

「ペットボトル……飲み慣れてない」

飲み慣れていないとか、そういう次元じゃねーよ。

世間のお嬢様は皆、こんな感じなのだろうか。流石にマイペース過ぎるというか、図太すぎるというか……一応、誘拐されているはずだがまるで恐怖している様子がない。

「……飲ませてやるから、ペットボトルを渡してくれ」

「……とらない？」

「とらねーよ！　めんどくせーな!!」

大声を出してしまったせいで、誘拐犯たちがこちらに振り向いた。

しまった、機嫌を損ねてしまったか……と思いきや、同情の眼差しを注がれる。止めろ、そんな目で見るな。元はと言えばお前らが連れてきた人質だろ。

「……水溜まりになってるから、少し移動するぞ」

「ん」

少女が立ち上がり、俺と一緒に移動する。

次の瞬間、少女は何もないところに躓いて転倒した。

「……痛い」

少女が涙目で起き上がる。

床に打ち付けた額は真っ赤に染まっていた。運動音痴にも程がある。

「あ、兄貴……確か事前に調べた情報によると、此花家の令嬢は完璧なお嬢様って呼ばれているんですよね？　あんな、鈍臭い奴じゃないと思うんですが……」

「い、いや、しかし、見た目は同じだろ。姉妹がいるって話も聞いたことねぇし……」

誘拐犯たちが小声で話し合う。

一方、少女は目尻に涙を浮かべながら、床に打ち付けた額を摩っていた。

「痛い……」

「……ちょっと見せてみろ」

あまりにも少女が悲しそうな声を漏らすので、居たたまれなくなった俺は、軽く怪我の様子を確かめる。

「どちらかと言えば、打ったというより擦り剥いた怪我だな。雑菌がつくかもしれないから、あんまり触らない方がいいぞ」

「……んぅ」

額に向けていた手を下ろし、少女は頷く。

「ところで……貴方はどうしてここにいるの？」

少女は暢気に、そんなことを訊いてきた。

「……お前が落とした学生証を、届けようと思ったんだよ。丁度その時、誘拐犯が現れたから、俺も一緒に攫われたんだ」

「なるほど」

少女は納得する。

「私の学生証は？」

「え？　……あ、ああ、ちゃんと持ってるぞ」

俺はポケットに入れていた少女の学生証を取り出した。

少女は学生証を受け取ったあと、ぎこちない動きでその表面を弄った。よく見れば学生証の右下に不自然な膨らみがある。まるで小型のボタンが埋め込まれているかのようだ。

少女はその突起を爪で押した。

「これで、すぐ助けが来るはず」

そう言って少女は「ふぅ」と吐息を零し、

「寝る」

ごろん、と俺の傍で床に寝そべった。

しかし少女は寝そべったまま、じーっと俺を見つめる。

「寝る」

「……寝ればいいんじゃないか？」

「枕」

そんなものここにあるわけがないだろ、と言おうとしたら、少女が無言で俺の膝を撫でた。……膝枕して欲しいということだろうか。

容姿端麗な少女に、こうして甘えられるとつい胸が高鳴ってしまいそうになるが、その前の鈍臭い姿を見ているため多少は耐性がついていた。誘拐犯にも世話しとけと命じられているし、俺は溜息を吐きながら膝を貸すことにする。

「ん……いい高さ」

満足そうに少女は呟く。

「子守歌」

「……悪い、それは俺のレパートリーにない」

「じゃあ何か、面白い話して」

無茶振りだ。

しかしその図太さは、場に立ちこめた暗い空気を吹き飛ばすほどの威力があった。本来なら怯（おび）えて涙が出てしまうような状況（じょうきょう）だが、この少女のおかげで平静を保つことができる。

「この前、友人と電車に乗っていた時の話なんだが――」

多分そこまで面白くない内容だが、少女は黙（だま）って俺の話を聞いていた。

数分後、膝の上から静かな寝息（ねいき）が聞こえてくる。

寝付（ねつ）きがいい少女だ。

「……よだれ垂らしすぎだろ」

少女の口元から垂れるよだれを服の裾（すそ）で拭（ぬぐ）う。

「……ん」

「あ、悪い。起こしたか」

「平気」

寝返（ねがえ）りを打ちながら少女が答える。

「髪、ギトギトする」

「上の方で結（ゆ）ったらいいんじゃないか。ちょっと後ろ向いてろ」

「ん」

ポニーテールのように、少女の髪を上の方で結んだ。

「なんか、手慣れてる？」

「あー……昔、母親の髪をよく整えていたから」

「ふぅん」

母は一時期キャバクラで働いており、俺はよく出勤前に髪型のセットを手伝わされていた。思い出したくない記憶である。

その時、誘拐犯の一人が近くにあった木片を蹴飛ばした。

唐突に大きな音が響き、俺は肩を跳ね上げる。

「――いい加減にしろ！　これ以上、話を長引かせたら、てめぇの娘をぶん殴るぞ!!」

誘拐犯はスマートフォンを耳に当てながら、憤っていた。

「……さっきみたいに、誘拐犯を刺激するような発言はもうするなよ」

少女を見て言う。

「心配するな。いざという時は、盾くらいにはなってやれると思う」

お先真っ暗な俺でも、誰かを手助けすることができる。

自己満足とは分かっていても、そこに一筋の救いを感じながら少女へ告げた。

「……なんで、そんなことしてくれるの？」

「さぁな」

わざわざ、こちらの身の上話をするつもりはない。

不思議そうにする少女に向かって、俺はできるだけ優しく微笑んでみせた。

「……貴方、いいね」

少女が言う。

「なんか、心地好い。干した後の布団みたいな匂いがするし」

それってダニの死臭じゃなかったっけ。

あまり言われて嬉しい言葉じゃないな……。

「私には、色んなお世話係がいたけれど……皆、堅苦しかったの」

「……はぁ」

「でも、貴方は気楽に接してくれるから、私も気楽でいられる。嬉しい」

はにかむ少女に、俺は一瞬見惚れる。

「貴方、名前は？」

「……友成伊月」

「そう。私は此花雛子」

端的に、少女は告げる。

「貴方、これから私の――」

少女が何かを言おうとした直後。

廃工場の割れた窓から、小さな缶（かん）のようなものが投げ込まれた。

カランと音を立てたその缶は、次の瞬間、白煙（はくえん）を撒（ま）き散らす。

「突入（とつにゅう）ーーーーッッ!!」

廃工場の一階から大声が聞こえた。

同時に、数え切れないほどの足音が至る場所から聞こえる。

「く、くそ!?　前が見えねぇ!!」

「こいつら、いつの間にこんな近くに――ぐあッ!?」

どこからか現れた警官のような男たちが、あっという間に二人の誘拐犯を無力化する。

男たちはすぐに、俺と少女に近づき――。

「動くな!!」

「……えっ？」

男たちは明らかに俺を敵視していた。

「ま、待った！　俺は被害者（ひがいしゃ）で――」

「黙れ！　大人しくしろ！」

「ぐおッ!?」

頭を押さえつけられ、そのまま床に倒（たお）される。

「静音様！　三人目を無力化しました！」

「実行犯は二人だったはずですが……斥候班の情報が誤っていたのでしょうか」

煙幕が晴れた頃、規則正しい足音と共に一人の女性が姿を現す。

その女性は黒い髪を結ぶことなく腰辺りまで伸ばしていた。そして、白と黒を基調としたフリルのついた服装を――俗に言うメイド服を身に纏っていた。

「お嬢様、ご無事でしたか」

「ん」

床に倒れる少女にメイドが近づき、手錠と足枷を外す。

あれだけ騒がしかったにも拘わらず、少女はまるで動じていない。少女は先程の眠りからようやく目が覚めたと言わんばかりに大きな欠伸をした。

「救出が遅れてしまい申し訳ございません。しかし……いつも言っているはずですよ。外出の際は、事前に我々へ連絡していただかないと」

「だって、めんどくさかったし」

「その結果、こういうことになるのです。……まったく」

メイドが溜息を吐く。

「静音。この人、誘拐犯じゃない」

「……そうなんですか？」

少女が俺を指さして言うと、メイドは目を丸くした。

ゆっくりと、俺の拘束が解かれる。

「いてて……」

「失礼いたしました。てっきり貴方も犯人かと」

「拘束されているんだから、犯人なわけないだろ……」

「犯行グループが仲違いした場合もあるでしょう。誘拐のような長期的な犯罪では、しばしば起きることです」

それは……確かに、そうかもしれない。

何も言えなくなった俺は閉口した。

「後始末は彼らに任せて、私たちは帰りましょう。そこの貴方もついてきてください」

どうやら外まで案内してくれるらしい。俺は無言で頷いた。

しかし、少女は立ち上がることなく、淡々とした目つきで俺の方を見る。

「ねえ、静音」

少女は、俺を指さして言った。

「私、この人が欲しい」

「畏まりました。早急に手配いたします」

恭しくメイドが頭を下げる。

「……え？」

手配って、何の？

「着いたら起こして」

「畏まりました」

黒塗りの車に案内されたあと、少女はすぐに眠ってしまった。

後部座席の一番奥へ少女が、次に俺が、最後にメイドさんが入ってドアを閉める。

俺は早々に眠ってしまった少女のシートベルトを代わりに締めて、自分の方も締めた。

ふと視線を感じて振り返ると、メイドさんがこちらを見ていることに気づく。メイドさんは「なるほど、気に入るわけですね」と小さな声で呟きながら、シートベルトを締めた。

「あの……俺はどこへ、連れて行かれるのでしょうか？」

「すぐに分かります」

メイドさんがそう答えた直後、小さな震動音が聞こえた。

メイドさんがポケットからスマートフォンを取り出し、耳元にあてる。一分ほど通話したメイドさんは、静かにスマートフォンをポケットの中へ仕舞った。

「貴方の身辺調査が済みました」

「……へ？」

「友成伊月、十六歳。竜宮高校に通う男子生徒。兄弟姉妹はおらず、両親は父・母ともに健在。……貧しい家庭を慮って、自力で学費を稼いだことは賞賛に値します。しかし五日前に両親が夜逃げし、その際に家のお金を全て持ち出されたせいで、貴方は今、危機的な状況に陥っているはずです」

「……な、何故それを」

「此花家のネットワークを舐めないことです。この程度、造作もありません」

　メイドさんは当たり前のようにそう告げた。

「ちなみに、貴方は本来なら明日から高校二年生になるはずでしたが……あの高校にはもう通えません」

「……え？」

「学費が納められていません。どうやら貴方のご両親は、最初からこの時期に夜逃げする予定だったみたいです。貴方が毎日バイトして稼いだ学費は、既に持ち去られたあとだと思われます」

「家賃や光熱費等も、随分と滞納されているようですし、あの家もすぐに住めなくなるでしょう」

「そ、そんな……」

「そこで、我々から貴方に提案があります」

我が家は、そこまで酷かったのか……。

落ち込む俺に、メイドさんが言う。

「お嬢様のもとで働く気はありませんか？」

「……はい？」

あまりにも想定外の提案をされ、俺は首を傾げた。

「あの、言っている意味が、良く分からないんですが」

「では順を追って説明しましょう」

言葉を選ぶような素振りを見せて、メイドさんは口を開く。

「此花グループという名に聞き覚えはありませんか？」

「……あります」

「そうですよね。貴方は此花銀行の口座をお持ちですから、知っているはずです」

そう言えばそうだった。俺のバイト代の振込先は、此花銀行で作った口座だ。

先程の身辺調査も、恐らくこの口座の登録情報を閲覧されたのだろう。

「此花グループは都市銀行だけでなく、大手総合商社や重工業、不動産ディベロッパー、損害保険会社などを抱える有名な財閥系企業です。総資産は凡そ三百兆円。その影響力は国内だけでなく海外にまで及びます」

淀みなくメイドさんが説明する。

「そして貴方の隣で眠っている御方は、此花グループのご令嬢、此花雛子様です。私はお嬢様に仕えるメイドの一人ということになります」

どうやら俺の隣で眠っている少女は、とんでもないご令嬢だったらしい。庶民でないことは知っていたが、恐らく彼女は、町一番どころか国一番レベルのお嬢様だ。

「今回、貴方に提案しているのは、私と同じような仕事です」

「つまり……俺が、メイドに……？」

「メイドではなく執事でしょう」

あ、ああ、確かにそうだ。

あまりにもスケールの大きすぎる話に巻き込まれたせいで、混乱していた。

「厳密には執事でもありませんが、まあ似たような仕事です。貴方にはこれから、お嬢様のお世話係になっていただきたいと思います。承諾いただけますか？」

「承諾も何も……俺で、いいんですか？　だって俺、ただの学生ですし……」

「本来なら然るべき訓練を積まなければ、この仕事には就けないのですが……お嬢様のご希望ですので特例です。お嬢様は貴方を、かなり気に入ったようですから」

そう言ってメイドさんは俺の隣で眠る少女を見る。

彼女は安心しきった様子でよだれを垂らしていた。

「んぅ……む」

「お、おい……そんなにしがみつくなって……」

寝返りを打った少女が、俺の身体に抱きつく。

少女の長くて柔らかい髪から、不思議な甘い香りがした。

「ちなみに、お嬢様に不埒な真似をしたら――ちょん切りますので」

「……ど、どこを？」

「貴方が今、想像した部位です」

それはいけない。

メイドになってしまう。

「詳しい条件については、私の雇い主と相談してもらいましょう」

メイドさんが外の景色を見ながら言う。

話が一区切りついたところで、車が停車した。

「お嬢様、到着いたしました」

「……ん」

俺の右半身にしがみついていた少女が、気怠そうに目を覚ます。

車のドアが自動で開き、俺たちは外に出た。

目の前には、見たこともないほどの巨大な屋敷が鎮座している。

「ここは……」

「此花家の別邸です。貴方にはこれから、お嬢様の父君と会っていただきます」

お嬢様の父親と会うことよりも、俺は、目の前の屋敷が別邸であることに驚愕した。

これで別邸か……。

俺の家は犬小屋か便所かな？

「お帰りなさいませ、お嬢様」

屋敷の玄関に近づくと、両脇に並んでいたメイドと執事が一斉に頭を下げた。

最低でも十人以上はいる従者たちを前にして、当のお嬢様は軽く欠伸したあと、

「うん」

とだけ答えた。

相変わらずマイペースなお嬢様だ。しかし従者たちは皆それを知っているのか、特に反応を示すことなく、頭を下げ続けている。

荘厳な扉が開き、屋敷の中に足を踏み入れた。

高級ホテルも顔負けの内装が視界一杯に広がる。真っ直ぐ伸びる赤絨毯に、豪奢な調度品の数々。ホテルと違ってあくまで人が住む屋敷であるため、煌びやかというよりは落ち着いた雰囲気となっているが、それでも庶民の家には存在しない金色の装飾が多い。

「うわぁ……」

「なんですか、その反応は」

「い、いや、その……住む世界が違いすぎて、なんか鳥肌が……」

「慣れてください。お嬢様のもとで働くようになったら、毎日この景色を見ることになるんですよ？」

まだ働くかどうかは決めていないが、既に自信は殆どない。

「お嬢様、このあとのご予定ですが……」

「寝る」

「畏まりました。では、私は友成様を案内しなくてはいけませんので、代わりの者をつけますね」

メイドさんが壁際で待機していた他の従者へ目配せした。

しかし、メイドさんの言葉に少女は顔を顰めて、

「……やっぱり、寝ない」

「……寝ないのですか？」

「ん。……伊月と一緒にいる」

少女が俺の袖を摘まみながら言う。なんだか年下の妹ができたようだ、なんて思っていると、隣でメイドさんが目を見開いていた。

「まさか……お嬢様が、睡眠を後回しにするなんて……っ」

そんなに驚くことなのだろうか。

誘拐されている間も、車で移動している間も、ずっと寝ていたので、普通に目が覚めただけだと俺は思っていたが……。

我に返ったメイドさんが案内を再開する。

大きな階段を上った後、廊下の突き当たりにある部屋の扉をメイドさんはノックした。

「失礼いたします」

メイドさんが扉を開ける。

扉の先には大きな部屋があり、その中心で一人の男性が佇んでいた。

「友成伊月君だね。私は此花華厳。雛子の父で、此花グループの会長だ」

男性――華厳さんは、挨拶をした。

若々しい顔立ちだが、上質なスーツを着こなした、貫禄に満ち溢れた人物だった。

「会長と言っても、グループ内の一企業を任されているに過ぎないがね。あまり偉い立場ではない」

「お戯れを。次期当主となる御方が、無闇に自分を卑下するものではありません」

「ははは、そう怒るな静音。今のは軽い冗談だ。畏まった空気では、伊月君が萎縮してしまうだろう」

華厳さんが笑って言う。

しかし、その目は不意に鋭くなった。

「……なるほど。確かに、雛子が懐いている」

華厳さんは俺の斜め後ろにいる少女――雛子さんを見た。

いつの間にか、雛子さんは俺の袖を摘まんだまま顔を伏せ、コクリコクリと頭を上下させており――。

「立ったまま、寝てる……⁉」

電車通勤中のサラリーマンかよ。しかも、またよだれが垂れている。

仕方ないので、俺はポケットから取り出したハンカチで雛子のよだれを拭いた。

「んぃ……」

口元を拭いていると、雛子がこちらに身体を預けるように、軽くもたれ掛かってくる。

「……伊月君は、娘の誘拐に巻き込まれただけと聞いているが、その間に何かあったのかな？　娘が初対面の相手にそこまで懐くなんて、初めてなんだが……」

「い、いえ、特に何もしてません」

「そうか。まあ雛子はフィーリングで生きているから、きっと君とは波長が合ったんだろう」

「波長って……」

波長の一言で片付けられる問題ではないような気もするが……。

俺自身、どうしてここまで彼女に懐かれたのか分からない。

「それに雛子は以前から、気兼ねなく接することができるお世話係を欲しがっていた。しかし立場上、私の方からそういった者を用意することは難しくてね。だからこそ、偶然出会った君を手放したくないのだろう」

なるほど、その理由なら納得できる。

当の本人も言っていた。堅苦しいお世話係ばかりだから、気楽なお世話係が欲しいと。

「さて。お世話係の仕事について説明する前に、まずは雛子のことを知ってもらう必要がある。……静音」

「はい」

後方で待機していたメイドさんが礼をして、向かって左に設置された投影機を操作した。

部屋の照明が暗くなり、真っ白な壁に映像が表示される。

「こちらが、学院で過ごしている時のお嬢様の姿です」

映像の中心に、俺の後ろで眠る少女――雛子さんが映った。

場所は……学院の廊下だろうか。

『ごきげんよう、此花さん』

『ごきげんよう』

学友の挨拶に対し、雛子さんは清楚な笑みで返した。

おや……？　なんだろう、この違和感は。

場面は切り替わり、今度は教室で授業している映像が表示される。

『では、こちらの問題を……此花さん。解答できますか』

『はい』

指名された雛子さんは静かに立ち上がった。

真っ直ぐ伸びた姿勢を保ち、黒板まで歩いた雛子さんは、手を止めることなくチョークで答えを記入した。

随分と気品が漂っている。周りの生徒からも憧憬の眼差しを注がれていた。

場面が再び切り替わる。場所は同じ教室だが、日差しの色からして放課後だろうか。

窓辺の席に座っている雛子さんに、女子生徒が声を掛けていた。

『こ、此花さん！　これから庭園でお茶会を開くのですが……よ、よろしければ、ご参加いただけますでしょうか？』

『私でよければ、いくらでも』

『あ、ありがとうございます！　私、此花さんのために美味しいスコーンを用意していますから！』

『ふふ、そんなに気を遣う必要はありませんよ』

微笑む雛子さんに、女子生徒はうっとりと頬を紅潮させていた。

映像が終わり、部屋の照明が明るくなる。

俺は素直に、感想を口にした。

「……誰？」

「雛子様です」

「……そんな馬鹿な」

映像に映る少女は、清楚で、可憐で、とても高貴なお嬢様だった。

さっきから俺の後ろで頭を揺らしながら眠っている少女とは、似ても似つかな――馬鹿な、そっくりだ。

「雛子は、人前では完璧なお嬢様を演じることができる」

「……人前では？」

「そうだ。逆に言えば、人前でなければ……」

華厳さんがメイドさんに目配せする。

メイドさんが無言で頷き、映像を切り替えた。

場面は教室。しかし周りには人影ひとつない。映像に映るのは雛子さんと、同じ制服を着た女子生徒の二人だけだった。

『お、お嬢様。そろそろ次の授業が始まってしまいますが……』

『だるい。寝る』

雛子さんは怠そうに言って、机に突っ伏した。

場面が切り替わり、今度は廊下となる。

『お、お嬢様！　次は体育の授業ですから、早く着替えを……』

『着せて』

場面が切り替わり、今度は校庭となる。

『お嬢様⁉　今、本家から連絡があって、お嬢様のクレジットカードが不正利用されているとのことですが――⁉』

『多分、落とした』

『な、何故それをもっと早く――』

女子生徒が叫ぶ直前で映像は切れた。

最後のは、洒落にならないな……。

「これが、素の雛子だ」

華厳さんが難しい表情を浮かべて言う。

どうやら此花雛子という少女は、表と裏で態度の差が非常に大きいらしい。

裏といっても、誘拐現場にいた時の雛子さんは最初からその状態だったため、俺にとってはこちらの方が馴染み深い。馴染みと言っても三時間くらいだが。

「あの、今の映像に映っていた女子生徒は、メイドか何かでしょうか？」

「前任のお世話係だ。彼女はつい先日ストレスで胃に穴を空け、入院した後、退職届を出してきた」

「……うわぁ」

それはまた、酷な話だ。

「要するに雛子は、人前では文句なしのお嬢様を演じられるが、それ以外では今みたいに自堕落な姿になってしまう。このオン・オフの差が激しくてね。どちらにも対応できる側近が必要なのだよ」

「それが、お世話係ですか……」

「そういうことだ」

華厳さんは首肯する。

「お世話係の役割は、雛子の完璧なお嬢様という世間体を守ること。言い換えれば、雛子の本性が明るみに出ないよう陰ながらサポートすることだ。……どうだろう、引き受けてくれるかな？　他ならぬ雛子自身の要望だし、君がお世話係になってくれると私としても助かるんだが」

その問いに、俺は考えてから答える。

「誘拐されたところを助けてもらいましたし、皆さんに恩がある身でこんなことを言うのは浅ましいかもしれませんが……報酬は、出るんでしょうか？」

「もちろんだ。住み込みで、一日三食つき。その上で給料も出す」

それは——とんでもなく好待遇だ。

棚からぼた餅とはこのことか。住む場所がなくなりそうな俺にとって、これ以上の好条件はない。……俺の境遇を考慮した上で、このような提案をしてくれたのだろうか。

「給料についてだが……日給二万円でどうだろう」

「に、二万⁉」

「おや、足りなかったかな？　しかし、流石に本職の執事やメイドと同じ給料にするのは憚られるし……では日給五万円はどうだろう」

「逆です！　高すぎます！」

まさか金額が上がるとは思わなかった。

「では言い値で雇おう。いくら欲しい？」

言い値。その台詞……フィクション以外で初めて聞いた。

「に、日給でしたら、八千円もあれば十分です」

派遣バイトなどでも八千円貰えれば多い方だ。

一般的な相場を口にしたつもりだが……華厳さんは何故か、眉間に皺を寄せた。

「伊月君。お世話係の責任は、君が思っている以上に重大だ」

神妙な面持ちで、華厳さんは言う。

「ここだけの話、此花グループの業績は最近低迷していてね。景気によるところも大きいが、グループ内の派閥争いや競合他社との兼ね合いなど、中々思うようにいかないことが多い。倒産するほどではないが、無視できないほどではある。……だから、娘の嫁ぎ先は重要なのだよ」

「嫁ぎ先、ですか？」

華厳さんは頷いて、俺の後ろで眠る雛子さんを見た。

「雛子が人前で完璧なお嬢様を演じているのは、より良い嫁ぎ先を見つけるためだ。学院やパーティーなど、此花家の令嬢として人と関わる場では、演技を徹底させている。……お世話係はその補助、つまり此花家のブランドを守る重大な役割だ」

その説明を聞いて、俺は改めて思った。

住む世界が違う。嫁ぎ先だのブランドだの、俺は生まれて一度も考えたことがない。

「それで、給料はいくらにする？」

華厳さんの鋭い視線に射貫かれ、俺はゴクリと唾を飲み込んだ。

流石にここまで丁寧に念を押されれば、この問答の意図も理解できる。

――覚悟を問われている。

お前は何円分の働きぶりを見せてくれるのだと、華厳さんは言外に訊いているのだ。

自分を安売りすると、先程のように失望した目で見られる。かと言って身の丈に合わない価格を要求しても、分不相応だと一笑に付されるだろう。

結局、俺が選んだ答えは――。

「……二万円で、お願いします」

「ふむ……当初の価格か。まあ、いいだろう。ではその分の働きを期待している」

そう言って、華厳さんは机の引き出しから書類を取り出した。

書面に何かを記入しながら、華厳さんは続けて言う。

「早速、明日から仕事に入ってもらう」

「明日からですか⁉」

「先程の映像を見ただろう。雛子はお世話係がいなければ、家の中ですら迷子になってしまう。一刻も早く雛子を支える者が必要だ」

別にこの屋敷の広さなら、迷子になってもおかしくないが……。

「まずは君の服を用意しよう。そちらの部屋に仕立屋を呼んでいるから、採寸してくれ」

「はい。……仕事用の服でも用意してくれるんでしょうか？」

「仕事用というか制服だね。君はこれから貴皇学院へ通うことになるんだから」

執事服のようなものを予想していたが、全く想像していない答えが返ってきた。

「……は⁉」

「雛子は学院に通っているんだ。お世話係も一緒に通うに決まっているだろう」

「いや、でも、貴皇学院ってものすごい名門校ですよね。俺なんかが通ったところで、馴染めない気がするんですが……」

「なんとか適応したまえ。それも仕事のうちだ。前の学校では成績もよかったようだし、勉学が苦手というわけではないだろう？」

大学に通える可能性を少しでも上げるために、勉強には真剣に取り組んでいたが……名門校とは次元が違う。

大丈夫だろうか……？　勉強とか、運動とか、マナーとか、コミュニケーション能力とか。不安が無限に湧いてくる。

「貴皇学院に従者は立ち入れないため、君は一般生徒として学院に通うことになる。その際、君の身分は此花グループの関係者ということにしよう。ボロを出さないためにも、直系ではなく傍系企業の跡取り息子……将来は経営者を目指しているが、庶民の暮らしにも精通している普通の男子という設定だ」

「跡取り息子という時点で、普通ではありませんが……」

「貴皇学院では普通のことだ」

　あっさりと華厳さんは言う。俺にとっては、学院そのものが普通ではないようだ。

「君の父親の会社は此花グループの一部。だからこそ雛子には頭を上げられない。……そういう話にしておけば、疑いも緩和されるだろう」

　なるほど。確かにそうした身分の方が、俺の役割も露見しにくい。

　後ろで寝ている少女を見る。またよだれが垂れていたので、顎を持ち上げて口を閉じてやった。彼女とはこれから長い付き合いになるかもしれない。

「ちなみに、もし私の娘に手を出したりしたら――」

　華厳さんに睨まれていることに気づき、俺は姿勢を正す。

「ちょ、ちょん切る、ですよね？」

「ちょん切る？　ははは！　まさか、そんなことはしないさ！」

　華厳さんが豪快に笑った。

「普通に殺す」

「ひっ⁉」

　シンプル過ぎて逆に怖い。

「では、明日からよろしく頼む」

華厳さんがそう言うと、後方で待機していたメイドさんがゆっくりと部屋の扉を開いた。

眠たそうな雛子さんと共に、部屋の外へ出ようとした直前、

「ああ、それと――君の家について、少し調べさせてもらった」

振り返った俺に、華厳さんは真剣な面構えで言った。

「貴皇学院には、都島家の令嬢も在籍している。君個人とあの一家に、確執はないはずだが……念のため不要な接触は控えてくれ」

「……はい」

そうか……じゃあ、学院にはアイツもいるのか。

まあ、向こうは俺のことなんて覚えていないだろう。接触なんて起きるはずもない。

「自己紹介がまだでしたね。私はお嬢様のメイドである鶴見静音といいます。これからお世話係となる伊月さんに様々な指導をする予定ですので、お見知りおきください」

屋敷の廊下を歩きながら、メイドさんが言った。

「伊月さんの身分は、表向き中堅企業の跡取り息子となりますが、この屋敷にいる間はお世話係です。そのため、ここではお嬢様の呼び方を改めてください」

「……分かりました。雛子様、でいいんですね？」

静音さんが頷く。

「反対に、屋敷の外ではお嬢様のご学友という身分になりますから、呼び方はさん付けがいいでしょう」

学院に通っている間は、雛子様のことをさん付けで呼ぶ。

うまく距離感を使い分けなければならない。俺は頷いた。

「こちらが、伊月さんの部屋となります」

静音さんが部屋の扉を開けて言う。広さは七畳程度で、家具もベッドと勉強机のみという使いやすい部屋だった。恐らく使用人の部屋なのだろう。屋敷の大きさに圧倒されていた俺は、内心でほっとする。これなら馴染みやすい。

「必要な家具があればあとで注文を承ります。今後はこの部屋でお過ごしください」

「はい」

注文を承るとのことだが、新米がいきなりアレコレ求めるのも憚られる。

せめて人並みに働けるようになってから、考えよう。

「ぬぅ」

その時。奇妙な声を漏らして、少女が部屋のベッドにダイブした。

「あの……雛子様。そこ、俺のベッドなんですが」

「お世話係のベッドは――……………私のベッド――……………」

むにゃむにゃと、幸せそうな表情を浮かべながら、雛子様は布団に顔を埋めた。

「……仕方ありません。お嬢様はしばらくここで寝かせておきましょう」

静音さんが溜息交じりに言う。

「伊月さん。貴方は明日から貴皇学院に、編入生として通うことになりますが……その前に幾つか学んでおくことがあります」

「お世話係の仕事についてですね」

「それもそうですが、他にもあります」

静音さんは説明する。

「貴皇学院は富豪の子女が集まる由緒正しい名門校です。その授業はどれもハイレベルであるため、普通の暮らしをしてきた方がいきなりついていけるものではありません。そこで、これから夕食までの間、ひたすら授業内容を予習してもらいます」

「……そんなにハイレベルなんですか」

「ええ。しかも貴方は、これからお嬢様と何度も行動を共にする間柄となるのですから、成績もお嬢様に見合うだけのものがなくてはなりません」

「……自信なくなってきました」

「勉学だけではありませんよ。マナーや立ち居振る舞い、それと護身術も叩き込みます」

「護身術？」

「念のためです」

驚愕する俺に、静音さんはしれっと言った。

「おや、臆しましたか？」

「いえ……これでも色んな肉体労働を経験していますから。体力には自信がありますよ」

「そうですか。では予習が終わった後、お手並み拝見といきましょう」

淡々とそう告げる静音さんに対し、俺は不敵に笑ってみせた。

静音さんの性格から考えると、今のうちに主導権を握っておいた方がよさそうだ。もちろん、彼女はお世話係である俺にとって上司には違いないのだが……多分、下手に出ていると永遠にスパルタ教育を施されるだろう。

豪奢なお屋敷で、優雅な生活を送っている人に、一矢報いてやる。

苦学生を舐めるなよ――――。


「限界です。許してください。死にます」

その日の夜。俺は屋敷の一角にある道場にて、静音さんに向かって土下座していた。

「そうですね。では本日のレッスンはこれで終了としましょう」

勉強やマナーなど一通りレッスンを終えた俺は、意識が朦朧とするほど疲労していた。

特に護身術のレッスンは心身ともに追い込まれた。まさかあんな、赤子の手をひねるようにあしらわれるなんて。……静音さんは、とんでもない武闘派メイドだった。

「お世話係の仕事については、こちらのマニュアルを参考にしてください」

「……分厚いですね」

「夕食前に口頭で一通り伝えたつもりですが、分からないことがあればマニュアルか私を頼るように」

分厚いマニュアルを受け取った俺に、静音さんが言う。

「あの……俺の部屋、雛子様がまだ寝てるんですけど」

「屋敷にいる時のお嬢様は大体寝ています。そっとしてあげてください」

「いや、でも俺、そろそろ寝たいんですが……」

「廊下で寝てください。布団を敷いておきます」

「……」

「冗談です。お嬢様が部屋に戻るまでお待ちください」

「……はい」

「では、私はこれで失礼します。何かあれば電話で呼んでください」

そう言って静音さんは道場を出て行った。

お世話係を引き受けた後、俺は此花家の使用人に支給されるスマートフォンを受け取っていた。アドレス帳には静音さんの番号も入っていたが……できれば掛けたくない。

「薄々分かってはいたが……お世話係って、本来ならかなりハイスペックな人間じゃないと務まらない仕事だよな」

道場を出て、自室へ向かいながら呟く。

静音さんのレッスンは毎日行われるらしい。あれをこなし続けると、数ヶ月も経たないうちに文武両道の完璧な人間になれるのではないだろうか。……もしくは俺が音を上げるかのどちらかだ。

部屋に戻ると、そこにはまだ少女の姿があった。

「んふぅ……えへ、えへへ……」

どうも雛子様は睡眠が大好きらしい。

誘拐されている間もよく寝ていたが、普通に朝まで熟睡しそうな勢いだ。

溜息を吐き、机に備え付けられた椅子に腰を下ろす。

今日は疲れているため、俺も早めに寝たい。しかしベッドには雛子様がいるため、どうしたものか……。

「そうだ。こういう時のための、マニュアルだな」

マニュアルのページを捲る。

「えーっと、あった。お嬢様が寝ている時に注意するべきこと、屋敷編。……屋敷にいる時のお嬢様は、殆ど寝て過ごします。熟睡中のお嬢様を起こすと不機嫌になってしまうため、必ず部屋まで案内してから寝かせましょう。…………手遅れじゃん」

一応、雛子様の部屋の場所は把握しているが、勝手に運んでも良いのだろうか。

そちらもマニュアルで調べようとすると……不意にスマホが震動した。

メッセージを受信している。

百合：明日、一緒に登校しない？

画面に映るメッセージを見て、俺は思わず「あっ」と声を漏らした。

「……しまった、説明するの忘れてた」

以前まで使用していたスマホは親の名義だったため、データを支給されたスマホの方に同期していた。そのため、以前からの知り合いのメッセージもこちらのスマホに受信する。

どう説明するべきか。悩んでいると、五月雨式にメッセージが飛んできた。

百合：別に嫌ならいいけど！　私も他の友人と一緒に行くし！

百合：ちょっと？
百合：……既読無視しないで。
　無視しているわけではない。
　悩んでも答えが出てこないため、俺は正直に話すことにした。
伊月：事情があって、そっちの高校にはもう通えなくなった。
百合：は？
　すぐに返信がきた。
百合：電話できる？
伊月：ごめん、疲れてるからまた今度。
　正直もう頭も回らない。今、余計なことを考えると、静音さんに詰め込まれた予習内容が全部抜けてしまいそうだ。
　ブゥン、とスマホが震動した。
　また今度と言ったのに……駄目だ。出る気になれない。
　しばらく放置していると、再びメッセージが送られてきた。
百合：なんで出ないの？
百合：ねえ。

百合：ねえ？？

「──ねえ」

「うぉあっ⁉」

いきなり背後から声を掛けられ、俺は跳び上がった。

振り向けば、そこには眠たそうに目を細めている雛子様が佇んでいた。

「お、起きてたんですか……」

「その人、誰？」

「え？　……ああ、えっと、同じ高校に通っていた幼馴染みですが……」

「……ふぅん」

含みのある相槌を打った雛子様は、俺のスマホに手を伸ばす。

ネットで調べ物でもしたいのだろうか。そう思い、スマホを渡すと、

「……没収」

「え」

雛子様は俺のスマホを持ったまま、布団に潜り込んだ。

「これで平穏が保たれた……」

「平穏って……あの、返してくださいよ」

「だめ」

こちらに背を向けたまま、雛子様は言う。

「……その口調、嫌い」

「はい？」

口調って……ああ、敬語のことか？

「元に戻して」

「いや、でも……」

「戻さなかったら、解雇」

そんな横暴な……。

「……これで、いいのか？」

「ん。……それでよし」

「静音さんには、口調を改めるよう言われてるんだが……」

「明日、私が静音に言い聞かせておく」

それなら、いい……んだろうか。

明日、静音さんに直接訊けばいいか。

「伊月」

「……なんだよ」

「明日から……よろしくね」

柔和な笑みを浮かべて雛子様が言う。

一瞬、そんな彼女に見惚れた俺は、少し遅れてから返事をした。

「……おう」

こちらの返事を聞いて満足したのか、雛子様は再びベッドに潜り込み――。

「あ、おい！　待て！　寝るならせめて部屋に戻ってくれ！」

お嬢様は既に寝ていた。

の〇太か、コイツ。

二章◆貴皇学院

翌日。俺は貴皇学院の黒い学生服を着て、屋敷の外に出た。

昨晩は結局、静音さんに雛子様を運んでもらった。没収されたスマホはポケットの中に入れられていたので、さり気なく回収している。

門の前に黒塗りの車が停められていた。その手前には雛子様の姿が見える。

「帰りたい」

「八時間後に同じことを言ってくだされば、承諾いたします」

「……むぅ」

駄々をこねる雛子様を、静音さんが慣れた様子で宥める。

「伊月様、どうぞこちらへ」

静音さんが俺の方を見て言った。

そうか、今から俺は中堅企業の跡取り息子だ。静音さんに様付けで呼ばれ、自分の表向きの身分が切り替わったことに気づく。

「さて、伊月様。どの席へお座りになりますか？」

車に乗ろうとした時、静音さんが俺に訊いてくる。

これは……先日のマナー講習の復習か。

「……後部座席、助手席の後ろです」

「正解です。運転手がいる場合は、運転席の後ろ、助手席の後ろ、後部座席の中心、そして助手席の順で、高い立場の者が座ります」

「運転手が同行者である場合は、助手席が一番の上座になるんですよね」

「その通りです。よく勉強できていますね」

それはもう、想像を絶するスパルタ教育を施されましたので……。

「本来なら、こうしてお嬢様を車まで案内することもお世話係の仕事ですが、伊月様には段階的に仕事を任せようと思います。……さあ、車へお乗りください」

雛子様が車に入り、次に俺が後部座席に入る。静音さんは助手席に座った。

「ねーむーいー………」

お前、散々寝ただろう……という突っ込みを、どうにか喉元で抑える。

車が緩やかに走り出した。

「お二人は別々の家に住んでいるという設定ですので、学院の少し前で車から降ろします」

「俺たち二人だけで通学路を歩くというわけですか？　でも、それだと昨日みたいに誘拐されるかも――」

「ご心配には及びません。常に周囲で警護しています。……先日の一件は、お嬢様が我々に何の連絡も入れずに外出したから起きたことです。お世話係である貴方は、そういう事態も未然に防いでください」

「……分かりました」

今日から初仕事だ。お世話係として、細心の注意を払おう。

「ところで俺は、雛子……様と同じクラスなんですよね？」

「もちろんです。お世話係である貴方は、お嬢様と常に行動を共にしてもらいます」

俺と雛子様はクラスメイトということになるらしい。

「伊月……口調は？」

「うっ」

聞こえていたか……。

しかし静音さんの前で、雛子様を呼び捨てにするのは抵抗がある。

「静音。伊月の口調、元に戻して」

「しかし、お嬢様。それでは他の者たちへの示しがつきません」

「じゃあ……二人きりの時と、静音がいる時だけでいい」

「……畏まりました」

渋々、静音さんは従う。

「良かったね、伊月……私にタメ口きけるよ」

「……別に嬉しくはないんだが」

静音さんの視線が痛い。というか俺は別に敬語でもいいのだ。バイト漬けの生活を送ってきた俺にとって、上下関係は慣れたものである。

「伊月様はボロを出さないためにも、基本的に学院では敬語で話すようお願いします。中堅企業の跡取り息子というのは、貴皇学院の中ではやや低い身分なので、その方が要らぬ軋轢も生まずに済むでしょう」

「分かりました」

中堅企業の跡取り息子で、低い身分なのか。……言われなくても素で敬語が出そうだ。

「あぁぁーー……学院が、近づくぅーー……」

心底怠そうに、雛子は言った。

「伊月ぃ……」

「……なんだよ」

「だっこ」

車が激しく揺れた。

いきなり何を言ってるんだ、このお嬢様は。運転手も動揺しているじゃないか。

「お嬢様。流石にそれは、その、淑女としての自覚に欠ける行為ですので……」

「伊月はねぇ、いい匂いがするんだよー……？」

「……そ、そうなのですか？」

静音さんが目を丸くした。

「……伊月様。後学のために嗅がせてもらっても？」

「いや……全然いい匂いなんてしないと思いますから。勘弁してください」

「……するのに」

そう言いながら、雛子は俺の袖に鼻を近づけた。

念のため自分でも嗅いでみる。……いや、別に何も匂わない。強いて言うなら此花家で使用されている洗剤の匂いがするだけだ。

「あの、雛子さん。俺も一応、男なので、そんなに近づかれるのは……」

「口調」

「……雛子」

「よーろーしーいー……」

これはもう何を言っても無駄になりそうだ。

溜息を零すと、隣で静音さんがもっと深い溜息を零した。

「お嬢様。そろそろ……」

「……ん」

凡そ三十分後、車が目的地に到着する。

人気のない静かな路地で、俺と雛子は下ろされた。辺りに人影はないが……実際には此花家の護衛が多数潜んでいるらしい。

「伊月様。こちらを渡しておきます」

そう言って、静音さんが中身の見えない黒い袋を手渡してきた。

「これは……？」

「お嬢様の聞き分けがあまりにも悪ければ、こちらを使ってください」

イマイチ意図が分からない指示に、俺は「はぁ」と曖昧に返事をして受け取る。

「それでは、行ってらっしゃいませ」

恭しく礼をする静音さんに、こちらも軽く礼をしてから学院へ向けて歩き出した。

「……帰りたい」

「演技はしなくていいのか？」

「まだ誰にも見られてないから……気を抜ける」

どうやら雛子には、人の視線を感じ取る機能が搭載されているらしい。

本人はそう言っているが、お世話係である俺は彼女のお嬢様としての体裁を守り抜かねばならない。注意深く周囲を見回しながら、学院へと向かった。

「……でっか」

荘厳な、お屋敷のような学び舎を前にして、俺は思わず呟いた。

日本屈指の名門校——貴皇学院。一周回って頭が悪そうなネーミングだが、実際は非常に優れた教育機関である。

一歩を踏み出すことに、つい躊躇してしまう。

そんな俺の隣では——。

「此花さん、おはようございます」

「おはようございます」

琥珀色の髪を風になびかせた少女が、道行く学生たちの挨拶に、律儀に応えていた。

「此花さん……今日も美しいな」

「ええ。とても気高いわ……」

至るところから、そんな声が聞こえてくる。

いつの間にか演技を始めていた雛子の横顔を、俺はこっそりと覗き見た。先程までとはまるで違う。理知的で品性のある立ち居振る舞いをするその少女は、昨晩、俺の部屋で涎を垂らしながら寝ていた少女と同一人物とはとても思えなかった。

「どうかしましたか、友成君？」

「うわっ」

心配そうに雛子が俺の顔を見つめる。

素で驚いてしまった。慌てて口を押さえ、何でもないと伝える。

校舎に入った俺たちは、まず職員室へ向かった。

幸い俺と雛子は同い年だ。だから年齢を詐称することなく同じ学年に所属できる。そこへ静音さんが更に手回しすることで、同じクラスの生徒になることができた。

「お待ちしていました。貴方が、友成伊月君ですね」

職員室に入ると、女性の教師に声を掛けられた。

「私は福島三園です。友成君が所属する二年A組の担任となりますので、以後よろしくお願いします」

「こちらこそ、よろしくお願いします」

軽く頭を下げる。

「友成君は、此花さんとは知り合いなんですか？」

「あ、その……」

咄嗟に嘘が出てこず、つい言い淀んでしまう。

すると、俺の隣に佇んでいた雛子が口を開いた。

「私の家と友成君の家は仲が良いので、以前から交流があったんです。その繋がりで、私が学院を案内することになりました」

「まあ、そうなんですね」

丁寧な口調で説明する雛子に、先生は納得した。

「友成君、此花さんの案内とは非常に贅沢ですね」

「ははは……そうですね」

先生、知ってます？

この子、一人だと学院の中でも迷うみたいですよ。

「今日はこのクラスに編入生がやってきます」

先に教室へ入った福島先生が告げる。

それから俺は教室に入り、黒板の前で皆に挨拶をした。

「友成伊月です。よろしくお願いします」

拍手も礼もなかったが、生徒たちの視線や表情は友好的だ。

俺が今まで通っていた高校では編入生なんて来たことなかったし、もし来たとしたらそれなりに盛り上がっていたはずだが……このクラスの生徒たちにそういった様子はない。どこか大人びていて、寛容な空気が作られている。

「友成君はあちらの空いている席を使ってください。……皆さん、編入生のことが気になるのは分かりますが、まずは授業ですよ。気持ちを切り替えてくださいね」

教壇に立った先生が教室中を見回しながら言った。

後方、窓際から二列目の席についた俺は、すぐに鞄から教科書を出す。

一限目は数学だった。

「さて、では授業を始めます。今回は置換積分法について勉強していきましょう」

置換積分法って、俺の高校では、三年生の最後に習う内容じゃなかったっけ……。

貴皇学院では、高校二年生の春に学ぶものらしい。

「一限目はここまでです。皆さん、復習を忘れずに」

チャイムが鳴ると同時に福島先生はそう言った。

礼をした後、生徒たちは休み時間を迎える。

「……静音さんに礼を言わないとな」

なんとか授業には、ついていくことができたが……やはり内容が難しすぎる。

まだ一限目が終わっただけだというのに、一日中勉強したような疲労感を覚えた。

さて——お嬢様は、どうしているか。

お世話係としての使命を思い出し、俺は雛子の様子を確認した。

「此花さん。先程の授業で分からないところがあって……」

「私でよければ、お力になりますよ」

人前にいる時の雛子は、完璧なお嬢様の皮を被っている。今のところその皮が剥がれ落ちるような気配はなかった。

「よお、新入り！」

横合いから唐突に声を掛けられる。

振り返ると、そこには大柄な男子生徒がいた。

「新入りのくせに、俺に挨拶しないとは生意気だな。おら、貢ぎ物を寄越せよ」

「……ええ」

どういう絡み方だ……冗談なのか本気なのかすら分からない。

「こら！」

「あいたっ⁉」

困惑していると、背の低い女子生徒が男子生徒の頭に手刀を落とした。

「友成君が怖がってるでしょ！」

「す、すまん。さっきのは冗談だ」

頭を押さえながら男子生徒が言う。

「友成伊月、だったよな。俺は大正克也だ」

「アタシは旭可憐。よろしくね～」

二人の名乗りに、俺は「はぁ」と相槌を打った。

どうやら先程の貢ぎ物云々は冗談だったらしい。

「友成。さっきの授業、ついて行くの必死だったろ？」

「……何故それを」

「はっはっは！　気にするな。編入生は皆、そうなるんだよ」

「皆って……俺以外にもいるんですか？」

「同じ時期にはいないみたいだが、編入自体は珍しくないぜ。うちの学院に通っている生徒は、家の事情で入学が遅れたり、逆に卒業が早くなったりすることもあるからな。お前も家の事情でこの時期に編入してきたんだろ？」

「まあ、そんなところです」

この学院が特殊であることは、生徒たちも自覚しているらしい。

「でも友成って名前、聞いたことないね。実家は何をやってるの？」

「IT企業です。そんなに大きいわけじゃないんですが……」

旭さんの問いに、俺は静音さんが作ってくれた設定を思い出しながら答える。

実家は中堅のIT企業であり、俺はその跡取り候補であるというのが概ねの設定だ。

そんな俺の返事を聞いた旭さんと大正は、何やら顔を見合わせて頷いていた。

「さっきの授業で大変そうにしていたから、予想はできていたけど……友成君ってさ、どちらかと言えば庶民よりの暮らしをしてたでしょ？」

「……そうですけど」

からかうように笑みを浮かべる旭さんに、俺は肯定する。

「編入生には二つのパターンがあってさ。ひとつが、元々他所の学校でも十分勉強していた人が、更に箔をつけるためにこの学院へ来る場合。もうひとつが、元々はそんなに勉強していなかったけど、家の事情で学院へ通わされることになった場合。前者は比較的、裕福な家庭に生まれた人が多くて、後者は庶民寄りの人が多いの」

「けど、今まで普通の学校で過ごしてきた人たちにとって、いきなりこの学院のカリキュラムについていくのは大変だろ？　だから、似たような境遇の生徒が集まって支えるようにしているのさ。俺と旭は庶民寄りの生徒だからな。友成の力になれると思うぜ」

「……なるほど」

二人の説明を聞いて、俺は首を縦に振る。要するに彼らは、同じ庶民寄りの生徒として新入りである俺に色々と教えてくれるつもりらしい。

流石は貴皇学院の生徒……なんて人間ができているんだ。

「ありがとうございます。助かります」

「敬語は止せよ。クラスメイトだろ」

「家の都合で、この話し方をしなくちゃいけませんので」

「あー……ならまあ、仕方ねぇか。よくある話だな」

心の中では既に大正と呼び捨てである。

住み込みで三食つきの日給二万円。そのためなら、俺も跡取り息子を演じてみせよう。

「ところで、ひとつ友成に訊きたいことがあるんだけどよ」

大正がやや神妙な面持ちで言った。

「お前――此花さんとどういう関係なんだ？」

その問いが繰り出された瞬間。

教室中の空気が、ピシリと音を立てて凍ったような気がした。

なんだ……？

今、一瞬、断頭台に登った光景を幻視した。

「今日、一緒に登校してきただろ？」

「あ、あぁ……俺と此花さんは親同士に繋がりがあるので、以前から多少、交流があったんですよ。それで、折角だからと学院まで案内してもらったんです」

「本当にそれだけか？」

「それだけ、ですが……」

「許嫁同士とか、そういうわけじゃないのか？」

「許嫁って……全然違いますよ」

庶民である俺にとっては、許嫁なんて都市伝説の世界だ。

肩を竦めてみせると、大正はふるふると震え――満面の笑みを浮かべた。

「なんだよ、驚かすなよ!!」

「うおっ!?」

肩を叩かれ、俺は呻き声を漏らした。

途端に親しげになった大正に疑問を抱く。見れば先程までの緊張は弛緩しており、クラスメイトたちも再び和やかに談笑していた。

「いやー、緊張の一瞬だったねぇ」

「どういうことですか、旭さん……？」

「うーんとね……此花さんって、うちの学院では超がつくほど有名人なの。なにせ此花グループのご令嬢である上に、学院一の成績で、更にあの容姿だからね」

俺は頷いて、話の続きを促した。

「でも此花さんには、今まで一度も浮いた話がなかったのよ。だからてっきり学外に許嫁がいるのかなー、なんて思ってたけど……今日、友成君が此花さんと一緒に登校してくるもんだからさ。『まさかアイツが此花さんの許嫁か!?』って、皆、思ってたわけ」

「……なるほど。……許嫁なんて、あるんですね」

「アタシはないけどね。でも此花さんくらいの家柄なら、いてもおかしくないと思うよ」

そう言えば雛子に許嫁がいるのかどうかは、聞いていないな。

嫁ぎ先を検討している段階なのだから、いない気もするが……いや、許嫁がいる上で悩んでいるのかもしれない。

「ちなみに俺も許嫁はいないからな。今後、友成が可愛い女の子と知り合ったら、是非俺のことを紹介してくれ」

「善処します」

適当に笑って流す。

旭さんや大正と話しながら、俺は微かに安堵した。貴皇学院への編入が決まって、最初はどうなることかと思ったが……案外、上手くやれそうだ。

学院が昼休みを迎えると同時。

「友成。昼食はどうするつもりだ？」

「アタシたちは食堂に行くけど……」

教科書を鞄の中に仕舞っていた俺に、大正と旭さんが声を掛けてきた。

「すみません。昼はちょっと用事があって……」

「用事？」

首を傾げる大正に、俺は説明する。

「昼休みは親と連絡を取り合うことになってるんです。なので食事は弁当で済ませます」

「そういうことか。……友成の親って、わりと過保護？」

「まあ、そうですね」

これも静音さんが予め考えていた設定だ。この設定を初めて聞いた時は「そんな理由で誤魔化せるだろうか」と思っていたが、二人の顔を見たところ杞憂だったらしい。

「そう言えば此花さんも同じ感じだよね。昼休みになるといつも何処かへ行っちゃうし」

「ああ……噂によると、昼休みは家業を手伝っているらしいぜ。電話会議に出席しているとか聞いたことがある」

二人の会話を聞きながら、俺は前の方に座る雛子を一瞥した。

「此花さん。よろしければ私たちと一緒に食堂へ行きませんか？」

「ごめんなさい。お昼は家の仕事がありますので……」

「そ、そう言えば、そうでしたね。すみません」

クラスメイトの誘いを丁寧に断った雛子は、鞄から弁当を取り出して教室を出た。

それを見た俺も、椅子を引いて立ち上がる。

「では、また後で」

「おう」

「食堂に行きたくなった時は、いつでも言ってね」

二人と別れた俺は、教室を出てすぐに雛子の姿を捜す。

雛子は廊下を一人で歩いていた。そんな彼女と一定の距離を保ちつつ、後を追う。

教室の近くを歩いている時は何度も声を掛けられていた雛子だが、渡り廊下を抜けた頃には周囲からの視線も減っていた。

庭園を横切った先にある、旧生徒会館。その建物は老朽化などによって今は使用されていない。しかし学院の見栄えに考慮して、定期的な清掃は行われていた。

その建物の階段を上がって、屋上に向かう。

周囲に誰もいないことを確認した俺は、扉を開けた。

「お疲れ～」

床に腰を下ろした雛子が、気の抜けた表情で俺を出迎える。

「……お疲れ様です」

「口調」

「はいはい」

適当に相槌を打ちながら、俺は雛子の隣に座る。

「いつもここで昼食をとっているんだよな？」

「ん。ここだと誰もいないし」

お世話係である俺は、常に雛子の傍にいなくてはならない。

　これから毎日、昼休みはこの屋上で過ごすことになりそうだ。

「学院はどうだったー……？」

「流石は名門校だな。昨日、散々予習したつもりなのに、授業についてくのが大変だ」

「頑張って。……成績、悪いと、お世話係を解任されるかもしれないから」

「……それは困るな」

　もし雛子に出会っていなければ、俺は今頃、家を失い、学校に通うこともできなかっただろう。そう考えると今の俺は、非常に恵まれた環境にいる。この環境から追い出されないよう努力しなくてはならない。

「お弁当、食べよ？」

「……ああ」

　雛子と共に、弁当の蓋を開ける。此花家の使用人が作ってくれた弁当は、稀少な食材をふんだんに使用した、豪華なものだった。

「凄いな……こんなクオリティの高い弁当、初めて見た」

「ん。でも食堂の料理の方が、もっと豪華」

「そうなのか。……食堂では食べないのか？」

「周りの目を気にするのがめんどくさい」

有名税が気に入らないといったところか。

「それに……お弁当なら、好物だけだし」

「苦手な食べ物があるのか？　たとえば？」

「にんじん、ピーマン、グリーンピース、しいたけ、梅干し、トマト、かぼちゃ……」

「多いわ。野菜嫌いなだけだろ」

「ばれちった」

ふにゃりと笑みを浮かべて言う雛子。

本当に、教室にいる時とは全然違う雰囲気だ。大正や旭さんにこの姿を見せたら、心臓が飛び出るほど驚くかもしれない。

雛子は弁当に箸を伸ばし、食事を始める。

しかし、箸に挟んだ食材がボロボロと零れていた。

「……零してるぞ」

「んぅ？」

「いや、んぅ？　じゃなくて……」

これは……お世話係の存在意義が分かってきたぞ。

お世話というより介護だ。どういうわけか、雛子は人前に立っている間は完璧に振る舞えるのに、それ以外の場では致命的に何もできない。そう言えば誘拐された時も、ペットボトル飲料をドバドバ零していた。

「食べさせてー」

雛子が弁当箱を差し出しながら、口を開ける。

折角の弁当をボロボロと零されるのも勿体ない。周りに誰もいないし……まあいいか。

「……ほら」

適当におかずを摘まんで雛子の口元まで持っていく。

「うむー……苦しゅうない」

満足そうに、雛子は言う。

「伊月も、食べたら？」

「そうだな」

雛子に言われ、俺も自分の弁当箱に箸を伸ばす。

取り敢えず、弁当の定番である出汁巻き卵を食べてみることにした。

「うまっ！　何これ⁉　うまっ‼」

一度動かした箸は、最後まで止まらなかった。

肉も、魚も、サラダも、全てが想像を絶するほど美味い。

「どれがお気に入り？」

「お気に入りか。……全部、美味いけど、強いて言うなら最初に食べた出汁巻きだな」

「じゃあ、あげる」

「え？」

「お返し。あーん」

雛子が出汁巻き卵を箸に挟んで、俺の口元まで持ってきた。

流石に自分がされると少し恥ずかしい気分になり、抵抗を感じたが、目の前にいる雛子に照れている様子は全くない。

仕方なく口を開き、出汁巻き卵を食べる。

「……美味しい？」

「……美味しいけど、貰って良かったのか？」

「私は伊月のご主人様だから。餌付けしないと」

「餌付けって……」

「愛想を尽かされたら、困るから」

その声音は、いつもよりほんの少しだけ深刻に聞こえた。

気のせいかもしれないが、無視できなかった俺は、ふと疑問を口にした。

「……前は、俺とは別のお世話係がいたんだよな？　その人はどうして辞めたんだ？」

「さぁ」

雛子は小首を傾げる。華厳さんはストレスが原因で辞めたと言っていたが、そもそも何故ストレスが溜まったのか、今の俺には分からない。

「前のお世話係は、どのくらいで辞めたんだ？」

「……多分、二週間くらい」

「え」

思ったよりも短い。

「その前は三週間だったと思う。……長くても一ヶ月だった」

「……なんでそんなにすぐ辞めるのか、心当たりは……？」

「さぁ」

「さぁ？」

先程と同じように、雛子は小首を傾げる。

惚けているようには見えないが、どうでも良さそうに見える。

雛子は、これまでのお世話係に対して、あまり関心がないのかもしれない。

「……こんなにいい条件の仕事、他にはないと思うんだけどな」

「……いい条件？」

「ああ。だって住み込みで三食付きに加え、日給二万円だぞ。プレッシャーはあるが、かなり好条件の仕事だ。学院の勉強も死ぬほど難しいが……教養がつくと思えば悪くない」

世の中には勉強したくてもできない人間が山ほどいるのだ。特に俺は、そちら側の人間になりかけていた。

「私は？」

「……え？」

「いい条件……私は？」

良く分からない質問だ。

「……どういう意味だ？」

「むぅ」

頬(ほお)を膨(ふく)らませて、雛子は不満気な顔をする。

「逆玉(ぎゃくたま)、興味なし？」

「いや……それは、ちょっと……」

逆玉って、逆玉の輿(こし)のことか？

興味があるかないか以前に、分不相応な願いである。本来の俺は、此花家の令嬢とこうして肩を並べて会話できる立場ではない。

「伊月は辞めないでね」

「……今のところ、そのつもりはない」

そう答えると、雛子は柔らかく微笑み、ごろりと寝転んだ。

「寝る」

「……枕か？」

「ん」

誘拐されていた時も似たようなやり取りがあったため、次はすぐに意図を理解できた。

膝の上を空けるとすぐに雛子の頭が乗った。

「えへー……格別の、寝心地……」

「……そりゃどうも」

膝の上に頭を乗せた雛子は、すぐに寝息を立て始めた。

こうして見ると、やはり雛子の顔は整っている。まだ年相応のあどけなさは残っているが、そこらのモデルとは比べ物にならないほど美人だ。

健全な男子生徒なら、このシチュエーションに舞い上がるかもしれない。

しかし、どうしてか。俺は興奮するどころか逆に落ち着いていた。

「なんというか、距離感がな……」

男と女では、ないような気がする。偶に異性として意識してしまう時もあるが、きっと雛子にその意識はない。だから俺も自制できる。

お世話係なんて安易な肩書きをつけられたが、実際はもっと不思議な関係に思えた。

ただ……居心地は思ったより悪くない。

「……ん？」

ポケットに入れていたスマートフォンが着信を報せた。

貴皇学院ではスマホやPCの使用が休み時間に限り許可されている。富豪の子女たちの中には、学生でありながら会社の仕事に関わっている者もいるらしく、そのための措置らしい。確かに休み時間になると、「デイトレードが～」なんて話題が聞こえていた。

「静音さん……？」

画面に映る名前を呟き、俺は通話に出た。

『出るのが遅いですよ。次からは五コール以内に出てください』

「……微妙に寛大ですね」

『学院で過ごしている間は、伊月様も急に対応できないでしょう。多少は配慮します』

静音さんは単に厳しいだけではない。あくまで高い成果を求めているだけだ。

　今までのバイト生活で、俺は様々な上司のもとで働いてきたが、静音さんはその中でも群を抜いて良い上司だと思う。その分、厳しさも群を抜いているが。

『今、学院は昼休みですね？　伊月様がお世話係の仕事に慣れるまでは、昼休みにこうして様子を確認させていただきます』

「……ありがとうございます」

『お嬢様は傍にいますか？』

「はい。今はその、寝ています」

　膝枕している件については、わざわざ言わなくてもいいだろう。

『何か困ったことはありませんでしたか？』

「今のところは特に。……強いて言うなら、授業が難しかったです」

『では本日の予習は多めにしましょう』

「げ、藪蛇だった」

『正直者はよく伸びますよ』

　しかし馬鹿を見るとも言う。

「そう言えば、さっき雛子から聞いたんですが……今までのお世話係は、長くても一ヶ月で辞めているんですか？」

『……その通りです』

言いにくそうに、静音さんは答える。

「それって、何故なんでしょうか」

『今までのお世話係は、全てお嬢様の父君である華厳様の部下が務めていました。しかし華厳様の部下ということは、雛子様の部下も同然です。そのためお世話係を務める時も、どうしても使用人としての態度が前面に出てしまい……それが、お嬢様の機嫌を損ねることに繋がっていました』

「……雛子は、使用人があまり好きではないんですか？」

『そうですね。使用人が……というより、堅苦しい空気が好きではありません』

まあ、それは薄々察していた。

『此花家とは何の関係もない一般人をお世話係に採用するのは、今回が初の試みとなります。……次のお世話係に困っていたところ、お嬢様からの推薦があったため、こちらも半ば実験のつもりで貴方を採用しました』

「そういうことでしたか……」

お世話係の任命から学院への編入まで、あまりにも迅速に事が進んでいたため少し不安になっていたが、此花家にとってもこれは実験のようなものだったらしい。アレコレ考える前に片っ端から試してみようという方針だったから、決断も早かったのだろう。

『学院での、お嬢様との関係はどのようになっていますか？』

「一先ず、親同士の繋がりがあるとだけ説明しておきました」

『いい塩梅です。その距離感を保ってください。……密な交流を持った方はいますか？』

「まだ初日なので、あんまりいませんが……旭可憐さんと、大正克也とはわりと仲良く話しました」

『ふむ。旭様と、大正様ですか』

静音さんの短い相槌が聞こえる。

『旭様の実家は小売業……家電量販店を営んでいますね。ジェーズホールディングスという会社です』

「……聞いたことないですね」

旭さんと大正は、自分たちのことを庶民寄りの学生だと言っていた。

ということは、俺と同じようにそこまで大きな会社ではないのだろう。

『そうですか？　ジェーズデンキは有名な店だと思いますが』

「……え？　ジェーズデンキ？」

『はい』

ジェーズデンキなら聞いたことがある。それどころか利用したことすらある。テレビＣＭだって何度も流れているし、前の高校の同級生だって殆(ほとん)どが知っているであろうチェーン店だ。

「め、めちゃくちゃ有名なとこじゃないですか……！」

『そうですね。家電量販店としては、国内でも上位五社に食い込む売上です』

おいおい……何が庶民寄りだ。とんでもないお嬢様じゃないか。

『ちなみに大正様の実家は、引っ越(こ)しのタイショウで有名な大手運輸業者です』

「そっちも有名ですね……」

『そうですね』

裏切られたような気分だった。どちらも知名度が高い企業である。

『ご学友の家業は、よく話題にもなりますし、知っておいて損はないでしょう。今後も人脈が増える度に報告してください。ちなみに、伊月様の実家は表向きＩＴ企業を営んでいることになりますので、本日からＩＴ関係の勉強も行います。最低限のプログラミングは習得しましょう』

「……お手柔(てやわ)らかにお願いします」

『引き続きお嬢様の傍にいてください。何か問題があれば、すぐに私へ報告を』

静音さんとの通話を終える。

深く溜息を吐くと、雛子が真っ直ぐこちらを見つめていることに気づいた。

「伊月……どうかした？」

「いや、その、色々と自信が無くなってきたというか……」

本当にこんな学院で、上手くやっていけるのだろうか。右も左も高嶺の花だらけ。いつかボロが出て、此花家に迷惑を掛けてしまうような気がした。

「あのさ」

「なーにー……？」

「なんで俺を、お世話係に任命したんだ？」

「んー……」

少し考えてから、雛子は答える。

「伊月は……媚びないと思ったから」

「……媚びない？」

「ん」

短く、雛子は肯定する。

「仕方ないなーって、思いながら……お世話してくれるところが、好き」

前後の文脈が繋がっていないような気がする。

寝ぼけているのかもしれない。

「午後の授業……休みたい」

「……駄目だ」

「えぇ～……」

昼休みが終わり、五限目の授業が始まった。

「それではこの問題を……大正君、解いてもらえますか？」

「え？　……す、すみません。分かりません」

教師に指名され大正が、申し訳なさそうに言う。

「では、此花さん。代わりにお願いします」

「はい」

黒板の前に立った雛子は、チョークを手に取り、答えを書いた。

「以上になります」

「流石、完璧ですね。ありがとうございます」

席へ戻る雛子に、クラスメイトたちの尊敬の眼差しが注がれる。

さっきまで膝の上でだらしなく寝ていた少女と同一人物とは思えない。授業に行きたくない、サボりたいと駄々をこねていたくせに……。

チャイムが鳴り響き、学院は休み時間を迎えた。

肩を回して固まった筋肉を解していると、大正と旭さんが近づいてくる。

「ふぃー、疲れた疲れた。五限目って眠くなるから嫌なんだよなぁ」

「あ、さっきの授業で答えられなかった大正君だ」

「うぐっ……仕方ねぇだろ。ちょっと予習の範囲ミスってたんだよ」

やはり貴皇学院の授業についていくには、予習が必須らしい。

当然のように言う大正に感心しながら、俺はさり気なく雛子の席を見る。

——雛子がいない？

教室に雛子の姿がないことに気づいた俺は、すぐに立ち上がった。

「ちょっとトイレに行ってきます」

二人に断りを入れてから、雛子を捜しに行く。

授業が終わってまだ五分も経っていない。教室からそう遠くには離れていないだろう。

念のため早足で教室を出て、廊下を見渡すと——あっさりとその姿を見つけた。

「……なんだ、雛子もトイレか」

　複数の女子生徒と談笑しながら、雛子はトイレに入った。

　数分後。雛子が教室に戻り、席につく。

　俺も教室に戻ろうとした直後、スマホが着信を報せた。

『今、大丈夫ですか』

「はい」

　予想はしていたが、案の定、相手は静音さんだった。

『恐らく、お嬢様が財布を落としています』

「財布ですか？」

『はい。お嬢様が持つ発信機と、財布に取り付けた発信機の位置情報にズレがあります』

「……発信機なんて、つけてたんですね」

　どんだけ信用されてないんだ、雛子は。

「すぐに捜します。……ちなみに、発信機から何処に落ちているかは分かりませんか？」

『本館の西側にあるのは間違いありませんが、それ以上は難しいですね』

　本館の西側？

　電話のタイミングといい、その位置情報といい。これは……。

「多分……トイレですね」

『……ああ、なるほど』

先程、トイレに行った時にでも落としたのだろう。

『人前では完璧になるお嬢様ですが、トイレはどうしても一人になりますからね。よく落とし物をするんですよ』

「そうなんですか……」

『とにかく、回収をお願いします』

静音さんとの通話が終わる。

「……いや、回収と言われても」

取り敢えず女子トイレの前まで来た俺は、そこで立ち止まり、頭を捻る。

男である俺が中に入るわけにはいかない。どうしたものか。

悩んでいると、横合いから声を掛けられた。

「そこの貴方？」

振り向くと、そこにはとんでもなく目立つ容姿の女子生徒がいた。

螺旋状に巻かれた金色の長髪――いわゆる金髪縦ロールというやつだ。漫画の世界でしか見たことのない髪型をしているその少女は、制服を着ていても分かるほどスタイルがよく、肌は白い。ブラウンの瞳は力強い眼光を放っており、気の強さが窺えた。

「どうかされまして？」

「いえ、その……」

「あら、そう言えば自己紹介がまだでしたわね」

困惑する俺に、その少女は独特な口調で言う。

「わたくしは天王寺美麗！　天王寺グループが総帥の一人娘ですわ！」

堂々と、どこか自慢気に少女は名乗った。

「はぁ」

「はぁ……って、なんですの、その気の抜けた返事は。まさか、天王寺グループを知らないわけではないでしょう」

「……すみません」

謝罪すると、天王寺さんは目を見開いた。

「ま、まさか、ご存知でなくて？　ててて、天王寺グループですのよ？」

「無知で申し訳ございません」

「無知どころではありませんわ!!」

甲高い怒鳴り声が、耳を劈いた。

「天王寺グループは鉱山経営を源流とした超巨大グループ！　今や日本最大手の非鉄金属

メーカーや、大手化学メーカーを抱え、その規模は此花グループに並ぶほどですのよ⁉」

「……そう、なんですか？」

声高に熱弁する天王寺さんに、俺は圧倒される。

「その反応……貴方、此花グループは知っているのですね？」

「まあ、はい」

「や、やはり、気に入りませんわ、此花雛子……！　あの女がいるせいで、わたくしの名声が広がりませんの……ッ!!」

天王寺さんは顔を真っ赤にして、わなわなと怒りに震えた。何やら私怨があるらしい。

「……それで、何か困っているのではなくて？」

落ち着いてそう訊く天王寺さんに、俺は当初の目的を思い出す。

「ええと、女子トイレに財布の忘れ物があると思うんですが、どうやって回収しようかと悩んでいまして」

「そのくらいでしたら、わたくしが取ってきますわ。少々お待ちを」

そう言って天王寺さんはトイレに入っていった。

一分後、桃色の財布を手に持った天王寺さんが現れる。

「これですわね」

「はい。ありがとうございます」

「今更ですが、どうして男子の貴方が、女子トイレにあるこの財布に気づいたのですか？」

「あ……それは、ですね」

　ぐるぐると頭を回転させながら、俺は答える。

「その財布の持ち主に、捜すよう言われてまして……消去法で、トイレかなと」

　殆ど本当のことを言ってしまった。どうやら天王寺さんは雛子のことを目の敵にしているようだが、その財布の持ち主が雛子であることには気づいていないようだ。なら、今の答えで納得してくれるだろう……そう思っていたが、

「貴方、それでは使い走りではありませんか」

　天王寺さんは、不満気な様子で言った。

「いけませんわよ。この学院に通う以上、貴方も将来は人の上に立つ身でしょう？　今から人に顎で使われるようでは、先が思いやられますわ」

「ええと、気をつけます」

「自信がありませんわね。もっと、はっきりとした口調で言いなさい」

「気をつけますっ！」

「……やればできるではありませんか」

満足そうに天王寺さんは頷く。

「それと貴方、もうちょっと姿勢を正しなさい。自信は姿勢によって生まれるものでしてよ？」

言われた通りに背筋を伸ばす。

「それで良いのです」

天王寺さんは、そんな俺を見てクスリと笑みを浮かべた。

「そろそろ授業が始まりますわね。これからも何か困ったことがあれば、この黄金色の髪を捜しなさい」

天王寺さんは自らの髪を指さして言った。

確かにトレードマークになるほど特徴的だが、同時に疑問に思う部分でもある。

「あの……素朴な疑問なんですが、この学院って髪を染めるのは問題ないんですか？」

「なっ⁉」

優雅に立ち去ろうとした天王寺さんが、奇声を上げて立ち止まる。

「わ、わたくしの髪が、染めているものだと……？」

「違うんですか？」

「わ、わたくしの髪が……メッキの如き紛いものだと言っているのですか……？」

「そこまでは言っていませんが」

素朴な疑問と言ったはずだ。

別に責めているわけではない。

「そ、染めてません……」

ぼそりと、呟くように天王寺さんは言う。

「わたくしは……染めてませんわーーッ‼」

そう叫びながら、天王寺さんは廊下を走っていった。

「……絶対、染めてるだろ」

本日、最後の授業が終わり、学院は放課後を迎えた。

「よ、友成。お疲れさん」

「どう？　このあと歓迎会でもする？」

大正と旭さんに声を掛けられる。しかし、俺は苦笑いを浮かべながら謝罪した。

「すみません。なるべく早く帰るよう言われてまして」

「まあ、初日はそんなもんか」

大正が残念そうに言う。

流石に罪悪感が湧いてきた。朝から親切にしてくれるのに、俺は昼も放課後も彼らの誘いを断っている。お世話係としての仕事を優先するのは当然だが……だからと言って、彼らの好意を無下にし続けるのも、躊躇われる。

「機会があれば、改めて頼んでもいいですか？　俺も学院のことを色々と知りたいので」

「おう！　俺たちはいつでも空いてるぜ！」

大正と旭さんが、笑みを浮かべる。

その時、旭さんがスカートのポケットからスマホを取り出し、画面を見た。

「お迎えが来たみたいだし、アタシはそろそろ帰るね」

「俺も今日は帰るか。友成、また明日な」

二人と挨拶して別れる。

俺も机に吊るしていた鞄を手に取り、下校することにした。……しかしその前に、お世話係である俺は、まず雛子がちゃんと帰るのを見届けなければならない。

「さて、雛子は……」

丁度、雛子も席を立つ頃だった。

俺と雛子は一応、交流があるという設定であるため、普通に会話しても問題ないが、できることならトラブル防止のためにも他人行儀な距離感を保ちたい。

雛子が教室を出る。俺は周囲の者に悟られぬよう、こっそりと後を追った。

そのまま雛子は学院の外に出る――と思いきや、何故か購買に寄る。

「こちらのパンをひとつください」

購買でパンを買った雛子は、それを手に下足箱に向かった。

外靴に履き替えたあと、彼女は校門の方ではなく庭園に向かう。

貴皇学院の敷地内には幾つかの庭園がある。今回、雛子が向かったのは旧生徒会館の近くにある庭園だった。そこには小さな池と幾つかのテーブル席が設置されているが、人の姿はない。教室のある本館から遠く、近くにある旧生徒会館も老朽化によって使用されていないため、人が寄りつかなくなったのだろう。

池の縁に立った雛子は、パンを小さく千切って放った。

泳いでいた鯉たちが、放り込まれたパンに群がる。

雛子もお嬢様らしく、芸術を嗜む心や、動物を慈しむ気持ちがあるのかもしれない。

しかし、いつまで経っても動く気配がない。静音さんから放課後はあまり寄り道しないよう言われているので、俺は辺りに誰もいないことを確認してから雛子に近づいた。

「何やってるんだ？」

「……餌やり」

それは見れば分かる。お嬢様の仮面を脱ぎ捨て、素の状態となった雛子は、しゃがみ込んでパンに群がる鯉の群れを眺めていた。

「いいよねー……」

ぼーっとした様子で、雛子が呟く。

「こうやって、口を開けるだけで餌が貰えて……私と代わってくれないかなー……」

「……鯉だって、人間には分からない苦労をしてると思うぞ」

「そうかなー……」

動物を慈しんでいるわけではなく、羨んでいるようだった。

なんとも言えない気持ちになった俺は、溜息を吐く。

「そろそろ帰るぞ。静音さんも待っているだろうし」

「……いや」

雛子が不機嫌そうに答える。拒否されると思わなかった俺は、目を丸くした。

「嫌なのか？　屋敷に帰ったら、ゆっくりできるだろ」

「できない………習い事とか、色々ある」

そういうことか。此花家のお嬢様も大変だ。

「でも、だからといって学院に残っても、雛子にとっては窮屈なだけだろ」

「放課後だから人目も少ないし、窮屈じゃない」

それは、確かにそうかもしれない。

貴皇学院には放課後の部活がない。というのも、生徒たちの大半は放課後になると勉強や仕事で忙しくなるからだ。それに生徒たちの実家は皆、金持ちであるため、部活の場となるプールやグラウンドも自前で用意できる。

「でも、どのみちいつまでも学院にはいられないだろ。ほら、さっさと帰るぞ」

「いーやー……」

「こうして駄々をこねていると、かえって面倒事が増えるんじゃないか？」

「うっ」

雛子は一瞬、物凄く嫌そうな顔をしたが、それでも最終的には首を横に振った。

「そ、それでも……いや」

現実逃避した雛子は、無言で鯉の餌やりを再開した。

強情なお嬢様だ。さて、どうするべきか。

「……そう言えば、静音さんからこんなものを預かっていたな」

俺は今朝、静音さんに渡された黒い袋の存在を思い出し、鞄からそれを取り出した。

雛子の聞き分けが悪ければ使えばいいと言っていたが、そう言えばこの袋の中身は何なのだろうか。袋の口を開き、中にあるものを出してみると——。

「ポテチっ!!」

それまで気怠げだった雛子が、急に目を輝かせた。

彼女の言う通り、袋の中にはポテチ（コンソメ味）が入っていた。

「ひ、卑怯……私は、その誘惑には勝てない……」

震えた声で雛子が言う。

ポテチで意志が折れる人間を俺は初めて見た。

「じゃあこれをやるから、今日は帰るぞ」

「……ぐぬぬ」

悔しそうに唸り声を上げた雛子は渋々と立ち上がり、俺の手からポテチを受け取った。

ここからは手筈通り、俺と雛子で別々に行動する。まず雛子が校門を抜けると、すぐに黒塗りの車が近くで停車した。車の中から静音さんが出てきて雛子を迎える。俺はその光景を、赤の他人のフリして見届け、それから一人で街を歩き続けた。

合流地点である人気の少ない場所に辿り着き、暫く待ち続ける。

すると、雛子と静音さんを乗せた車が近くで停まった。

「お待たせしました」

「いえ、お疲れ様です」

助手席の静音さんに一声掛けて、俺は後部座席に座った。奥には雛子も座っている。

周りから見れば、俺と雛子は別々に帰宅したように見えるだろう。

「一先ず、学院での仕事、ご苦労様でした」

「ありがとうございます」

手厳しい印象が強い静音さんに労られ、やや驚きながらも頷く。

隣に座る雛子は、先程、俺が渡したポテチを一心不乱に食べていた。

「今朝、渡したものが役に立ったようですね」

「最後の最後で役に立ちました。まさかポテチが、あんなに効くとは」

「お嬢様の好物ですから。滅多に食べられませんし、効果覿面です」

「……ただのポテチなのに、滅多に食べられないんですか？」

「当然です。あんな不摂生な食べ物、此花家の令嬢に相応しくありません」

お金持ちの一家とは言え、何でも自由とはいかないらしい。むしろ庶民より束縛されることもあるようだ。しかし――。

「……ポテチくらい、いいと思いますけど」

「駄目です。これは華厳様の指示でもあります。……料理人が用意したスライスポテトなら食べても良いことになっていますが、お嬢様は市販のものを好むようなので」

健康に悪い感じの味が好きなのだろう。

ふと隣を見ると、雛子の膝元にポテチの欠片がボロボロと零れていた。

「食べカスが落ちてるぞ」

「は?」

注意すると、雛子は何故か得意気な顔をする。

「……蕎麦を、ズルズルと啜って食べることと同じ」

「食べカスを零す……それがポテチの、マナー」

「そんなわけないだろ」

どや顔で何を言ってんだ。

「……拾うから、ちょっと手をあげてくれ」

「ん」

雛子がゆっくり両手をあげる。その間に俺は、雛子の膝元に落ちている食べカスを拾った。静音さんが手際よくビニール袋を渡してくれたので、その中に捨てる。

「伊月、これ」

雛子が俺の名を呼びながら、ポテチの袋を差し出した。

「……くれるのか？」

「違う。鯉の真似。……餌、入れて」

パンの欠片を待ち構える鯉のように、雛子は口をぽっかりと開けた。

餌付けしろということらしい。

「はいはい」

「うまー……」

ポテチを一欠片摘まんで、雛子の口に持っていくと、雛子は幸せそうな顔をした。人間が鯉にはなれないが、どうやら鯉になった気分は味わえたらしい。

「念のため言っておきますが、その姿を華厳様には見られないよう注意してください」

「……はい」

色々と誤解を生みそうな光景だ。なるべく人に見せない方がいいだろう。

「静音さんは、内緒にしてくれるんですね」

「できればすぐに報告したいところですが……残念なことに、今、貴方をお世話係から解任しても、代わりをすぐには用意できませんので。……お嬢様に劣情を催す前に、ちょん切った方がよろしいかと私は提案したんですが」

「勘弁してください」

俺は静音さんに深く頭を下げた。

学院から帰ってきた俺は、早速、静音さんのレッスンを受けていた。

「まずは明日の予習を始めます。明日は経営学の授業がありますので、そちらを中心に勉強していきましょう。範囲は、コーポレート・ファイナンスについてですね」

貴皇学院の生徒たちの多くは、将来、経営者のポストにつく。そのため経営学の授業は他の科目と比べて実践的だった。会社を経営するための知識を叩き込まれる。

「小テストを採点しました。点数は八十七点……ケアレスミスが目立ちますね。集中力が足りませんよ」

「はい」

満点が出るまで延々と続く予習を、三時間かけて漸く終える。

「次はマナー講習です。貴皇学院にはお嬢様以外にも、あらゆる富豪の子女が通っています。そういった方々に無礼を働けば、余計な反感を買ってしまう恐れがあるため、今のうちに習得しておきましょう。今回はフランス料理のテーブルマナーについてです」

夕食の時も、俺は静音さんと二人っきりでレッスンを受けていた。

フォークとナイフを、それぞれ人差し指を添えて持つ。魚のオードブルを崩さずに食べ、スープは音を立てずに飲み、肉はスジに合わせて一口サイズに切ってから口に入れる。

「違います。食べ終わった際、ナイフとフォークを六時の位置に置くのはイギリス流です。フランスのマナーでは三時の位置に並べます」

「は、はい」

ナイフとフォークを横に向け、持ち手を皿の右側に置く。この際、ナイフの刃の部分は手前に向けなくてはならない。

「腹ごなしの復習が終わったところで、護身術のレッスンです。幸い、伊月さんは肉体労働系のアルバイトで身体が鍛えられていますので、基礎体力の向上は程々にして技の習得に取りかかりましょう。本日は柔術です。まずは前回り受け身、百本」

柔道着に着替えた俺は、先日と同じように屋敷の道場にて護身術の指導を受ける。

受け身の練習をしてから、基本的な投げ技を教わり、最後に実戦練習を行った。

「ふ――――っ!!」

「甘い」

静音さんを手前に引くと同時に足払いをして、小内刈りを仕掛ける。

しかし静音さんは俺の動きを見切って身体を外に逃がし、技の不発によってよろけた俺を、軽々と背中からマットにたたき付けた。

相手には通用しませんよ」

「体重移動のタイミングが見え見えです。それでは素人は倒せても、武術の心得を持った

「はいぃ……」

疲労を隠しきれなくなった俺は情けない声で返事をした。

そもそも俺が護身術を教わっているのは、俺と雛子が出会った切っ掛けのような誘拐などを警戒してのことだ。営利誘拐の犯人は喧嘩慣れしている場合も多いらしい。だから素人に勝てる程度の実力では足りないのだ。

「す、少しだけ、休憩を……」

「なりません。お世話係である貴方には、いざという時にお嬢様を守っていただかなくてはなりません。その程度で音を上げてもらっては困ります」

鬼だ、この人は……。

鬼畜。スパルタ。悪魔。色んな言葉が脳裏に浮かぶが、同時に尊敬の念も抱いた。静音さんは勉学もマナーも護身術も、全てを完璧にこなしている。その上で料理や洗濯といったメイドとしての仕事もそつなくこなしているのだ。雛子が完璧なお嬢様なら、静音さんは完璧なメイドである。

「本日はここまでにしておきましょうか。お疲れ様です」

「あ、ありがとう、ございます……」

　結局、護身術のレッスンが終わったのは、俺が一度音を上げそうになった時から二時間が経過した後だった。

「思ったよりも飲み込みが早いですね」

「本当ですか？」

「ええ。特に護身術は才能があるかもしれません。磨けば良いものになると思いますよ。……反面、マナーは中々、身につきませんね」

「うっ……すみません」

　俺の家庭はお世辞にも裕福とは言い難い生活水準だった。ナイフとフォークなんて未だに使い慣れていない。

「汗だくで屋敷をうろつかれても困りますので、早めにお風呂へ入ってください。ただし、湯船に浸かっている間はこちらを」

　静音さんが紙束を渡してくる。

「これは……？」

「伊月さんのクラスメイトたちのプロフィールです。知っておいて損はないでしょう」

　風呂に入っている間も勉強か。……日給二万円の仕事だ。受け入れるしかない。

「あ、そう言えば午後にもう一人、交流を持った人がいるんですけど」

「どなたですか？」

「天王寺美麗という人です。クラスは違いますが……」

そう言うと、静音さんは目を丸くした。

「天王寺様に声を掛けられたのですか？」

「はい。……何か問題でしたか？」

「いえ、問題はありません。ただ、あくまで学院内での評判ですが、天王寺様とお嬢様は犬猿の仲と噂されていますから、デリケートな関係にはなりますね」

それは初耳だ。

「天王寺様はともかく、お嬢様にそういった意思はございません。ただ、此花グループと天王寺グループは、殆ど同じ規模の企業グループです。それ故に競合する場面も多く、状況によっては互いの関係が緊張する時期もあります」

「……なるほど」

「天王寺様の資料は明日までに用意いたします。本日は、クラスメイトのプロフィールを覚えることに集中してください」

はい、と俺は返事をする。

本日のレッスンはこれで終了だが、静音さんからは自習もするようにと言われている。クラスメイトのプロフィールは就寝時間までになんとか記憶しておこう。

静音さんは道場を軽く掃除するらしく、俺は先に道場を出ることにした。本当は手伝いたいところだが、体力が限界だ。今、手伝いを申し出たところで足手纏いにしかならない。

「伊月ー……」

部屋に戻る途中、雛子と遭遇する。

何の用だ？　と訊く前に、雛子は俺に密着してきた。

「……む」

「どうした？」

「……汗臭い」

「そりゃそうだろ」

顔を顰める雛子を遠ざける。

「どこ行くの？」

「部屋に戻って、風呂に入るつもりだ」

「お風呂？　……じゃあ、ついて来て」

雛子が俺の手を取ってどこかへ連れて行く。

「ここは……」

「私の部屋」

辿り着いた場所は、雛子の私室だった。

俺の部屋の五倍以上の広さがある。大きな茶色のカーペットに、天蓋付きのベッドが特徴的な、如何にもお嬢様の部屋らしい内装だ。

「お風呂は……ここ」

雛子が脱衣所の先にあるドアを開く。

「おぉ……広いな」

風呂も同様、俺の部屋にあるものとは比べ物にならないほど広かった。というか、風呂場が俺の部屋と同じくらいの広さだ。小さな公衆浴場である。

しかし、どうして雛子は俺をこのような場所へ案内したのだろうか。

「一緒に入ろう」

「……なんで？」

なんで？

「くはー……」

湯船に浸かる雛子が、気の抜けた声を漏らす。

その姿は、白いビキニタイプの水着に包まれていた。

「……水着か」

「何か言ったー……？」

「何も言ってない」

一緒に風呂に入ろうと言われた時は驚いたが、どうやら水着を着用した上での提案だったらしい。最初から俺を誘うつもりだったのか、脱衣所には俺の水着も用意されていた。

「まあ……こんな広い風呂なら、誰かと一緒に入りたい気持ちも分かるな」

一人でこの広い風呂に入ると寂しい気分になりそうだ。

「んふー……極楽、極楽」

雛子が軽く身体を伸ばす。その動作が、妙に色っぽく見えた。上気した雛子の顔は薄らと赤く染まっており、絹のような琥珀色の髪からは水が滴る。

「……伊月、どうしたの？」

こちらの様子を不思議に思ったのか、腰を下ろす俺の顔を、雛子が屈んで覗き込んだ。

視界一杯に、雛子の小ぶりな谷間が現れる。

「い、いや……なんでもない」

真っ白な肌から目を逸らして答える。

落ち着け。――落ち着け、落ち着け、落ち着け。

極力、意識しないように気をつけてはいるが、やはり雛子は容姿端麗な異性である。少しでも気を抜けば、お世話係としての使命よりも、健全な男子としての欲望が上回る。

気分を変えるためにも、俺は傍に置いていた書類を手に取った。

水濡れ防止のために透明なビニールに入れられた書類を、無言で読み進める。

「それ……何？」

「クラスメイトのプロフィールだ。静音さんに、覚えておくよう言われているからな」

書類には二年A組の生徒たちのプロフィールが事細かに載っていた。大正や旭さんの情報については既に知っているが、それ以外の生徒たちも、やはり大手企業の跡取り息子だったり、有名な政治家の血縁者だったりするようだ。

「そう言えば、雛子はクラスメイトの中で仲がいい人はいるのか？」

「いない」

いつも通りの淡々とした声音で雛子は言った。

「いないのか？　教室では色んな人に囲まれてただろ」

「んー……友人では、ない」

知り合い以上、友達未満といったところだろうか。

まだ一日しか学院生活を経験していないが、雛子の境遇については多少、理解したつもりだ。雛子は良くも悪くも貴皇学院で少し浮いた存在である。教室では色んな人に話しかけられる雛子だが、傍から見ると友人というより取り巻きに見えてしまうこともある。

「雛子は、友達が欲しいとは思わないのか？」

「んー………」

雛子は珍しく、いつもより少し長く考えた。

「……伊月がいれば、いい」

その言葉は、強い信頼と受け取っておこう。

微かな嬉しさを感じていると、雛子が徐に立ち上がった。

雛子はそのまま俺の正面に来た後、こちらに背を向けて座る。

「髪、洗って」

「……はい？」

後頭部をこちらへ向ける雛子に、俺は首を傾げた。

「じ、自分で洗えよ」

「……いつもは、静音にやってもらってる」

だから自分で洗う気はないと？

小さく溜息を吐く。こういうところは、如何にもお嬢様らしい。

「痒いところはございませんかー？」

「なーしー……」

シャンプーを泡立てて、雛子の髪を洗う。

女性の髪を洗うのは初めてだ。こんな感じでいいんだろうか……？

雛子はいつも湯船に浸かったまま髪を洗われているらしい。その後、湯船の水は全て捨てるそうだ。水道代が勿体ないと思うのは俺が貧乏性だからか。

「……むぅ」

髪を洗っていると、雛子が小さく声を漏らした。

「暑い…………これ、邪魔」

そう言って雛子は背中に手を伸ばし、ビキニを外した。

「なっ⁉」

思わず手を止めて、俺は顔を逸らした。

「お、お前！　何してるんだ！　ちゃんと着ろ！」

「だって、暑い……お風呂なのに、水着って変だし……」

「そもそも男女で風呂に入るのが変なんだよ！」

と言ったところで、このお嬢様は理解してない。

「水着……静音がつけろってしつこいから、仕方なくつけてるだけだし……」

雛子は鬱陶しそうに、下につけた水着を指で摘んだ。

その無防備な動作に、俺は再び思考を乱され――。

「……ちょっと待て」

今、決して聞き逃してはならない単語を聞いたような。

「……静音さん、知ってるのか？　俺たちが一緒に風呂に入っていること」

「ん」

雛子が小さく頷く。

そして、俺は気づいた。

どうして今まで気づかなかったのだろう。風呂場の扉が五ミリほど開いている。その隙間から――殺意の込められた視線が、俺に注がれていた。

「は、ぅぁ……ッ⁉」

恐怖のあまり身体が震える。

静音さんだ。あの人、いつから俺たちのことを見ていたんだ。

強烈な殺気を感じて冷や汗を垂らしていると、風呂場の扉がもう少し開き、静音さんの顔が露わになる。静音さんは無言で俺に、雛子の髪を洗うよう促した。

「んふ……くすぐったい」

「わ、悪い」

どうにか動揺を押し殺し、雛子の髪を洗い続ける。

傍にあったシャワーを手前まで伸ばして、シャンプーを洗い流した。

「あ、洗い終わったぞ……」

後半は生きた心地がしなかった。

風呂に入っているのに、全身、冷や汗でびっしょりと濡れている。

「ありがと。…………これ、日課にするから」

「えっ」

「毎晩……洗ってね」

そう言って雛子は立ち上がり、脱衣所に向かった。

ちょっと待て……俺はこれから、毎晩のようにこの恐怖を感じなくてはならないのか？

雛子と入れ替わるように、静音さんがやって来る。

その瞳は酷く冷たかった。

「お疲れ様です、伊月さん」

「お、お疲れ様です。……あの、いつから見ていたんですか？」

「最初からです」

「最初からですか……」

　ということは、俺が雛子に翻弄されている姿も見ていたのだろう。

「脱衣所に着替えを用意しておきましたから、上がった際はそちらを使用してください」

「あ、はい。ありがとうございます」

「それと――」

　静音さんは、お嬢様に薬瓶を俺の傍に置いた。

「今後、お嬢様に劣情を催すことになりそうでしたら、事前にこちらをお飲みください」

「これは……？」

「抗うつ薬や抗けいれん薬の副作用を利用した、薬剤性ＥＤを意図的に引き起こす薬です。まあ平たく言うと……勃たなくなる薬ですね」

「ひっ⁉」

　そんなものを飲んでしまったら、メイドになってしまう。

　薬を置いて立ち去った静音さんの背中を、俺は震えながら見届けた。

学院生活、二日目。

俺たち生徒は体操服に着替えた状態で、大きな体育館に集合していた。

「本日はバドミントンをします」

体育の授業を担当する女性教師が言う。

将来の経営者や政治家を輩出する貴皇学院にも、体育の授業はある。二つのクラスが合同で行うことや、男女に分かれて行うことは、俺が以前通っていた高校と同じようだ。

今、体育館には二年A組と二年B組の生徒が集まっていた。

「女子は東側、男子は西側のコートを使ってください」

「というわけで男子、さっさと移動するぞー」

男子の体育を担当する男の教師が、生徒たちをコートへ案内した。

今までの座学と比べれば気が楽になる。こればかりは名門私立校だろうと、平凡な公立高校だろうと、学習内容は殆ど同じだろう。

「友成。思ったより、いい身体してんじゃねぇか」

「あー……偶に筋トレをしているので」

移動しながら、隣にいる大正と軽く会話する。実際は肉体労働系のバイトによって鍛えられただけだ。今はもうそのバイトを辞めてしまったが、代わりにこれからは静音さんに護身術を教わる手筈となっている。運動に困ることはないだろう。

「しかし、随分と大きな体育館ですね」

「まあ、３０００㎡くらいあるしな。体育館にしてはでかい方か」

体育館というより、イベント用の巨大ホールである。

「ウォーミングアップを終えたら、まずはラリーの練習を始めるぞ」

コートの外側を走り、軽くストレッチをした後、バドミントンの練習が始まる。

どうやら既にバドミントンの授業は何回か行われていたらしい。練習はすぐに試合形式に近いものとなり、順番待ちとなった俺と大正はコートの端に寄った。

「……ふぅ」

静音さんのおかげで身体は鈍っていない。

――体育の授業なら、なんとかついていけそうだな。

よかった。俺にとっては色んな意味で厳しい学院生活だが、体育に関しては不安を抱くことなく臨めそうだ。

「やあやあ、友成君」

ふと、背後から声を掛けられる。振り向くとそこには旭さんがいた。どうやら旭さんも今は順番待ちで暇(ひま)をもてあましているらしい。

「見てたよ～、上手(うま)かったじゃん」

「運動は苦手ではないので。そういう旭さんも、なんとなく運動が得意そうですけど？」

「あ、バレちゃった？　友成君の言う通り、アタシもわりと得意な方だよ」

自慢気(じまんげ)に旭さんが言うと、大正が声を掛けた。

「旭はスケートも上手いよな」

「バランス感覚には自信があるからね。大正君は何が得意だっけ？　ゴルフとか？」

「ああ、ゴルフは得意だぜ。子供の頃(ころ)からよく親父(おやじ)に付き合わされていたからな」

笑いながら大正が言う。

そんな二人の会話を聞いて……俺は戦慄(せんりつ)していた。

「あの……もしかして、この学院ではスケートやゴルフも習うんですか？」

「おう。二年生だと、ポロもやるぜ」

「ポ、ポロ……？」

「馬術競技の一種だ。馬に乗って、ボールをスティックで操作するんだよ」

馬に、乗る……？

馬に乗った経験なんて、一度もない。

——浅はかだった。

体育の授業なら、周りについていけると思っていたのに……ゴルフもスケートもポロも経験がない。どうやら静音さんのレッスンからは逃げられないようだ。

溜息を漏らしてコートの様子を見る。順番が回ってくるまで、まだ時間はありそうだ。

「……そう言えば、貴皇学院は体操服のデザインも凝ってますよね」

「ああ、これね。うちの卒業生がデザインしたものらしいよ」

旭さんが襟元を摘まみながら言った。

「そうなんですか？」

「うん。その人、今は世界的に有名なファッションデザイナーの弟子になってるから、近いうちにこのデザインにもいい値段がつくんじゃないかな？」

わー、凄い世界だなー。

現実逃避をしたい。やはり俺に貴皇学院はとんでもなく場違いだ。

「あ、此花さんだ」

旭さんがコートの中央に視線を送って言う。

そこにはラケットを握った雛子がいた。ロブで上げられたシャトルを、雛子は鋭くスマッシュする。シャトルは相手コートの隅に落ちて、雛子の勝利となった。

「此花さん、勉強だけじゃなくて運動もできるよな」

「そうだねー。アタシたち女子にとっても憧れの的だよ」

大正や旭さんだけでなく、他の生徒たちも雛子に憧れの眼差しを注いでいる。

文武両道とは事前に聞いていたが、その評判に違わぬ能力を持っているのは間違いない。

「まあでも、体育に限っては此花さんだけじゃなく……」

大正が雛子から目を逸らし、他の女子生徒に視線を移しながら言った。

「うん……都島さんも、凄いよね」

旭さんも頷きながら別の女子生徒に注目する。

二人の視線の先には、黒髪を太腿の辺りまで伸ばして結った一人の女子生徒がいた。

雛子と比べるとスレンダーな体形で、女子にしては背が高い。目鼻立ちは雛子に並ぶほど整っており、どちらかと言えば美人寄りの顔だ。

少女は軽々としたフットワークでシャトルを打ち返し、相手コートに叩き落とす。

「友成君は知らないよね。あの人は都島成香。此花さんほどではないけど、貴皇学院ではまあまあな有名人だよ」

「……有名人なんですか？」

「見ての通り、スポーツ万能だからね。体育の成績なら此花さんよりも高かったんじゃないかな。それに、ほら。学院屈指のクールビューティーだし」

「クールビューティーって……」

確かに、凛とした佇まいが良く似合う女性だが。

「でも、一番の特徴は……あれだね」

旭さんが呟くように言う。

練習が終わり、少女がコートの外に出た。その時、練習を見ていた二人の女子生徒が少女に歩み寄る。

「あ、あの！　都島さん！　お疲れ様です！」

「その、とてもお上手なんですね！」

どこかぎこちない様子で、二人の女子生徒は少女を労った。

しかし、少女は刃のように鋭い目つきで二人を見つめ、

「――あん？」

「ひっ⁉　す、すみません！」

「な、何でもないです！」

ドスの利いた声で威圧され、二人の女子生徒は顔面蒼白となって走り去る。

その光景を見ていた旭さんは、溜息を吐いた。

「あんまりこんなこと言いたくはないんだけど……都島さんって、ちょっと怖いんだよね。基本的にずっと黙ってるし、表情も硬いからさ」

「色んな噂を聞くよな。裏では暴走族やってるとか、実家がヤクザとか」

大正も呆れた様子で言う。

「まあ、所詮は噂だし、信じる必要は全くないんだけど……どちらにせよ壁がある感じの人かな。アタシも以前、勇気を振り絞って何回か声を掛けたことがあるんだけど、全部『用事があるから』で避けられちゃった」

「……そうなんですね」

貴皇学院は優秀な生徒のみが在籍できる学び舎だ。この学院に、いじめや差別なんてものは滅多にない。しかしそれでも、こうして浮いてしまう生徒はいるらしい。

「友成、そろそろ俺たちの番だぜ」

大正に言われて、俺はコートの方へ向かう。体育の授業は滞りなく終了した。

更衣室で制服に着替えて、教室へ戻る途中。

念のため雛子の姿を捜したが、女子生徒と一緒に移動している最中だった。表向きは人気者であることが功を奏している。昼休みはともかく、授業と授業の合間にある短い休み時間なら、誰かが近くにいるため心配しなくてもいいかもしれない。

「……あ」

「どうした、友成？」

「すみません。更衣室に靴を忘れたみたいなので、取ってきます」

大正と別れて更衣室に戻る。

雛子のことを意識するあまり、自分のことが疎かになってしまった。

「あった、あった」

更衣室の扉を開き、テーブルの上に置いていた体育館用の靴を見つける。

次の授業も近い。俺は急いで更衣室を出て――。

「っ⁉」

「……っと⁉」

扉を出たところで、女子生徒とぶつかってしまいそうになった。

互いに驚き、目を合わせる。

「君、大丈夫か？」

「はい。すみませ………」

謝罪しながら、俺はその少女の顔を見て――硬直する。

都島成香。先程の授業で、話題に上がっていた少女がそこにいた。

「で、では、俺はこれで……」

できるだけ自然な態度を装って、俺は踵を返す。

すぐに教室へ戻ろうとしたが、その時、少女が俺の袖を掴んで引き留めた。

「おい」

少女の声が聞こえる。

「お前、まさか…………伊月か？」

背筋が凍る。

俺は、恐る恐る口を開いた。

「チガイマス」

「いや……いや、いや、いや！　伊月だ！　お前は伊月だ！　間違いない！」

顔を綻ばせて、声音を弾ませて。

その少女は、目を輝かせて俺を見つめた。

「うぁ、うぁぁ……伊月ぃ……っ!!」

目尻に涙を浮かべた少女は、両手を広げて俺に近づき、

「会いたかったぞーーッ！　伊月ーーーーッ!!」

「ぐへっ⁉」

勢いよく、抱きついてきた。

少しだけ、過去の話をしよう。

俺は昔、一度だけ都島家で世話になったことがある。

年中、家計が火の車だった友成家だが、実は両親が離婚を試みたことは過去に一度しかない。駄目人間は駄目人間と一緒にいることで居心地の良さを感じるらしく、共にだらしない生活をしていたが、互いに気は合う様子だった。

しかし俺が十歳の頃。一度だけ離婚騒動が起きた。

何かが切っ掛けで、父と母が貧困の理由を相手に押しつけようとしたのだ。

この騒動は友成家では珍しいほど激化して、遂には母親が家出を決意。その際、俺は母親に無理矢理、連れて行かれることになった。

家出と言っても、母は既に実家から勘当された身であるため、行くあてはない。

そこで母は実家ではなく親戚の家を訪ねた。

それが——都島家だった。

後になって知ったが、どうやら母方の祖母は都島家の娘だったらしい。しかし祖母も母と同じく自堕落な生活をしていたため、都島家は継がず、最終的には勘当されていた。

しかし母は「勘当されたのは私の母であって、私ではない!!」と暴論を振りかざし、強引に都島家の居候となることを決意する。驚くことに、この作戦は成功してしまった。

斯くして、十歳の俺はいきなり見たことがない豪奢で和風な屋敷に案内され、都島家の客人として迎え入れられることになった。

ただし、招かれざる客である。都島家は明らかに母のことを厄介者と見ていたし、その息子である俺も同様だった。あの時に浴びた冷たい視線は今も覚えている。

そして、都島家での居候生活が二日目に差し掛かった頃。

俺は、都島成香と出会った。

「だ、だれだ⁉」

その少女は道場で竹刀を振っていた。

俺はその姿が物珍しくてつい近づいてしまい、少女に怒鳴られてしまった。

「ええと、ともなりいつきです。昨日からここで、お世話になっています」

礼儀作法なんて欠片も知らないが、それでも俺なりに丁寧な挨拶をした。

しかし少女は目を吊り上げる。

「いいか、いつき！　わたしは、なんじゃくものがきらいだ!!」

「はい」

「しようにんから、お前たちの話はきいている！　お前たちは、何もしごとをしない、ただ飯ぐらいみたいだな！」

「……はい」

同年代の異性からそんなことを言われるとは思わず、凹んだ。しかし事実である。

「だから、お前にしごとをあたえてやる！　お前はこれから、わたしのお世話をしろ!!」

「……はい？」

堂々と胸を張って言う少女に対し、俺は首を傾げた。

お世話の内容はよく分からないが……いずれにせよ俺は居候の身。仕事を与えられたらそれに応じるしかない。

以降、俺は都島家で居候している間は、殆ど少女の傍にいた。

少女の呼び出しは——一日に十回を超えた。

「うわぁぁぁん!?　いつきぃ！　わたしの部屋に、虫が出たぁぁ!?」

「はいはい、今、たいじしますね」

少女に代わって、俺は黒光りするアレを難なく部屋の外に追い出した。

「わぁぁぁぁぁぁん!?　いつきぃ！　とうさまが、おこったぁぁぁ!?」

「はいはい、たいへんでしたね」

泣きじゃくる少女の頭を撫でて、落ち着かせる。

少女の父親から猛烈に睨まれていたので、本当は俺の方が泣きたかった。

「いつきは……わたしより、強いんだな」

「そうですか？」

「ああ。だって、わたしと違って虫を見ても泣かないし、大人におこられてもへいきだ」

騒がしい日々もあれば、時折、少女が弱音を吐き出す日もあった。

今になって思うが、少女はきっと、そういう相手が欲しかったのだろう。都島家の一人娘である彼女には、弱音を吐露できる相手がいなかったのだ。

少女は強かったが、その強さは身体的なものであり、精神的なものではなかった。

たとえば剣道の腕前は、十歳にして大人顔負けのものらしい。

だが心は……年相応どころか、それ以下だった。

「なあ、いつき。わたしは、みやこじまけの女として……つよくなりたいのだ」

少女は、沈痛な面持ちで俺に語りかけた。

「でも、わたしには、ゆうきがない」

「ゆうき、ですか」

「ああ。わたしは、もうじゅっさいなのに……一人で外に出ることもできないのだ」

聞けば、少女は都島家の娘として過保護な生活を強いられているらしい。

幼い頃から「家以外は危険な場所である」と教わってきた彼女は、家の外を恐れるようになってしまったそうだ。しかし先日、車で学校に向かっていると、同級生が平然と一人で登校している姿を目撃し、それを羨ましく感じたとのことである。

「じゃあ、試しに俺と出てみますか？」

「……え？」

「少しくらいなら、大丈夫だと思いますよ」

一般家庭で育ってきた俺にとっては、外の世界なんて慣れたものである。

そう思い、俺は少女の手を取って――屋敷の外に飛び出した。

「すごい！」

少女は興奮した。大人を連れず、子供だけで外に出たのは初めてだったらしい。

「すごい！　すごい、すごい！　わたしは――自由だ!!」

ただの道を、少女はまるで花畑を歩くかのように両手を広げて笑っていた。

「なあ、いつき！　あれは何だ!?」

「だがしやです。入ります？」

「ああ！」

幸い小銭は幾つかあったので、少女に駄菓子を奢ってやる。

正直、俺も屋敷にいる間は使用人たちの冷たい視線に曝されて居心地が悪かったので、外にいる方が気楽で嬉しかった。

「いつき、なんだこれは⁉」

「うんまい棒です」

「うんまいな！」

「うんまい棒ですから」

棒状のスナック菓子を、少女は興味津々といった様子で食べた。

少女を外へ連れ出すという遊びは、その後も数日ほど続く。

父親に見つかったら怒られるとのことだったので、俺たちは使用人に見つからないようにこっそりと屋敷を脱出して、不審に思われない程度の短い時間だけ外で過ごすことを繰り返した。

しかし――やがて、そんな俺たちの遊びはバレてしまう。

俺は少女の父親に激しく叱られた。

「成香の身に何かあったらどう責任を取るつもりだ‼　たとえ子供だろうと、娘を誑かすなら容赦せんぞッ!! すぐに出ていけ!!」

当時の俺には理解できなかったが、やはり都島家の娘を安易に外へ連れ出してはならなかったらしい。少女を危険にさらした償いとして、俺と母は都島家から追放された。

元々、近日中に追放するつもりではあったのだろう。使用人たちに手際よく荷物をまとめられ、俺と母はあっさりと屋敷から追い出された。

「いつきぃ!!」

去り際に、少女が涙を流しながら俺の名を叫んだ。

「わたしは、ぜったいに、つよくなるからな――――!!」

それが、最後に聞いた少女の言葉だった。


その少女が、目の前にいる女子生徒、都島成香である。

つまり、俺と都島成香は――――はとこだった。

「伊月! 伊月、伊月、伊月ぃ!! ずっと会いたかったぞぉぉぉ!!」

「……はいはい」

抱きついてくる成香の頭を撫でながら、さり気なく周囲を見回す。

幸い廊下に俺たち以外の人はいない。こんな場面を誰かに見られたら終わりだ。編入二日目で不純異性交遊の嫌疑を掛けられてしまう。

「成香、取り敢えず落ち着け。こんなとこ、人に見られたらどうするんだ」

「う、うぅぅ……こ、腰が抜けた……」

「は？」

「嬉しすぎて、腰が抜けたぁぁ……っ！」

涙を流しながら、成香はその場にしゃがみ込んだ。

これは全然……強くなってないな。


成香が腰を抜かすという非常事態が発生したため、俺は急遽、彼女を保健室へ運んだ。

「保健医は……いないのか」

どこかへ呼び出されているのかもしれない。

ベッドを一台借りて、そこに成香を座らせた。

これ以上、俺にできることはないため、教室に戻ろうとしたが……。

「うぅ、待ってくれぇ……置いていかないでくれぇ……」

「……はいはい」

涙目で懇願されたため、仕方なく俺は授業を休んで成香に付き添うことにした。

思わず額に手をやる。幸い今は授業中であるため、雛子は教室にいる筈だ。教室にいる時の雛子は完璧なお嬢様を演じられるため、俺が近くにいなくても問題ない。

「……伊月。お前、私の家から追い出された後はどうなったんだ」

ベッドに座る成香に訊かれ、俺は答える。

「普通に両親が仲直りして、一件落着だ」

「それはよかった。……だが、連絡くらいあってもいいだろう。私はあの後、お前がどうなったのか心配で心配でたまらなかったんだぞ？」

「それは……悪い。でも俺、都島家の連絡先なんて知らなかったし」

「……それもそうだな」

仮に連絡できたとしても、成香と話をすることは難しかっただろう。俺と母は都島家に疎まれていたため、取り次いでくれた可能性は低い。

「今更だが、子供の時は悪かったな。軽率に外へ連れ出したりして……」

「な、何を謝っている！」

成香は焦燥した様子で言った。

「私はむしろ、伊月に感謝しているんだ！　あの時、伊月と一緒に外へ出ていなければ……きっと私は、今も臆病なままだった」

そう言われると、少しは報われた気分になる。

「今は臆病じゃないのか？」

「う……いや、その……まだ修行中の身というか……」

成香は気まずそうに言葉を濁した。

思わず笑ってしまう。宣言通り強い女になっていれば、こうして腰を抜かして保健室に運ばれるようなこともなかっただろう。

「まあ、成香の父親は厳しそうな人だったもんな。中々、自由にはさせてくれないか」

「……いや、父には勝った」

「勝った？」

「ああ。剣道、柔道、合気道、空手、ありとあらゆる武道で私が勝利した。それが都島家の監視から逃れる条件だったからな。……おかげで今は、殆ど自由に過ごせている」

「そ、そうか」

相変わらず、身体的な意味では非常に強い少女だ。

「しかし……外に出ることが許されても、隣に誰もいなければ寂しいものだ」

成香は途端に元気をなくし、俯きながら呟いた。

「そう言えば、成香はこの学院で色々と誤解を受けているみたいだな」

大正や旭さんが言っていたことを思い出す。

暴走族だのヤクザだの言われていたが、そんなわけがない。

「そうだ。…………全部、誤解なんだ」

「……なんでそんなことになってるんだ？」

訊くと、成香は深く溜息を吐いた。

「……都島家の家訓は、『健全な精神は健全な肉体に宿る』だ。そのため、私は幼い頃からありとあらゆる武道を叩き込まれてきた」

「……俺たちが初めて会った時も、成香は剣道をしていたな」

「ああ。都島家は、いわば武闘派の一家なのだ」

武闘派の一家って……随分と個性豊かな家系だ。

しかし、あの家で居候していた俺は、それが誇張ではないことを知っている。都島家は屋敷内にプライベート用の道場を設置しているだけでなく、屋敷の隣で別の道場も経営していた。居候していた間、門下生たちの掛け声がよく聞こえていたので覚えている。

「そういう家柄だからか、物騒に思われることも多くてな。加えて、その、これは伊月だから言うが…………私は友達を作るのが苦手なのだ。人前に立つと、どうしても緊張してしまい、顔が強張ってしまう。それで、怖い人間だと誤解されることが多い」

成香は美人寄りの顔であり、目つきの鋭さが特徴的だ。

そんな彼女が緊張した面持ちになると、睨まれているように感じてしまう。

「まあ……昔から成香は、そんな感じだったからな。威勢はいいのに、いざ一緒に行動してみると、すぐ泣くし、何事に対しても臆病というか……」

「そ、そんな風に思っていたのか……ちょっと傷ついたぞ」

「でも事実だろ」

「うぅ……その通りだ」

成香は溜息を吐く。

「さ、最初は私も、友達を作って楽しく学生生活を送るつもりだったんだ。でも、緊張して上手く話せないし、目を合わせようとしただけで睨んでいると誤解されるし……き、気がつけば私は、不良だのヤクザだの散々なことを言われるようになってしまって……うううぅ……っ!!」

それは酷い。不運が不運を呼んでいる。

「私はどうすればいいんだ……なあ、伊月ぃ。頼む、助けてくれぇ……っ!!」

涙目になって成香が懇願してきた。

話を聞く限り、あまりにも可哀想な少女である。力になれるなら、なってやりたいが……と思ったところで、俺はポケットが震動していることに気がついた。

「わ、悪い。ちょっと席を外す」

保健室を出て、スマホを取り出す。

相手は予想通り静音さんだった。

『伊月様、今、どちらにいらっしゃいますか？』

「……すみません。生徒が倒れていたので、保健室に運んでいました」

『そうでしたか。授業中にも拘わらず、お嬢様との位置情報がズレていましたから、何事かと思いましたが……そういうことでしたらお咎めなしにしておきましょう』

「ありがとうございます」

『早めに教室へ戻ってください。人助けをするのは結構なことですが、お世話係の本分を忘れてはなりませんよ』

叱責されることを予想していた俺にとって、少々、拍子抜けのやり取りだった。

というか……俺のいる位置もお見通しなのか。

とにかく今は、言われた通り早く教室に戻ろう。

しかしその前に、もう一度だけ成香の調子を確かめる。

保健室のドアを開けると、成香がこちらを振り向いた。

「なあ、伊月」

「何だ？」

「そう言えば、伊月はどうしてこの学院にいるんだ？」

……さて。どう、誤魔化そうか。

現在、俺の表向きの立場は「中堅企業の跡取り息子」であり、雛子との関係は「親同士の繋がりで多少面識がある程度」となっている。

しかし成香にこの嘘は通用しない。何故なら彼女は、俺の本当の身分を知っている。

お世話係として、最低でも雛子の「完璧なお嬢様」という世間体だけは守り抜かねばならない。……慎重に答えねば。

「……俺の母親が、ギャンブル好きだって話は、昔したよな」

「ああ。それはもう、酷いものだったと聞いている」

成香が同情する。

「そのギャンブルで大勝ちして、かなりの金が手に入ったんだ。おかげで貴皇学院に通うことができた」

咄嗟の嘘にしては悪くない。そんな風に手応えを感じた俺だが――。

「……嘘だ」

成香は目を細めて言った。

「貴皇学院は、金さえあれば入れる学院ではない。入学の際は厳正な身辺調査が行われる。賭博で手に入れた資産が評価されることはない筈だ」

そうなのか……。

此花家はどうやって俺をこの学院に入学させたのだろう。やはり権力者ならではの裏口というものがあるのだろうか。

「伊月……どうして嘘をつく。何か、言えない事情があるのか……？」

嘘が露見したことで、完全に怪しまれた。

冷や汗を垂らしながら焦っていると、再びポケットの中のスマホが着信を報せる。恐らく静音さんだ。先程から間を置かずに連絡が入ったということは、急用かもしれない。

「わ、悪い……また電話が掛かってきたから……」

軽く断りを入れて、立ち去ろうとすると――。

「ま、待ってくれ！」

成香が俺の腕を掴んだ。

「また、いなくなったり、しないよな……？」

震える声で、成香は尋ねる。

その悲しそうな表情を見て、俺は反省した。

——そうか。

俺は成香を、不安にさせてしまったんだ。

六年前、俺は成香の前から唐突に姿を消した。最初は俺も、あの日のことを気にしていたが……いつの間にか記憶が風化し、思い出さなくなった。

けれど成香は違った。成香は俺と会うまで、同世代の子供と外へ遊びに出る経験がなかったのだ。だから俺と違って、成香はいつまでもあの日のことを——あの日の不安を覚えていたのだろう。

「大丈夫だ、また会える」

「本当か……？」

「本当だ」

ここで成香と再会したのは想定外だが、再会できたこと自体は素直に嬉しいと思う。

お世話係の仕事があるからと言って、突き放すことはない。

「じゃあ……あ、頭を、撫でてくれ……」

「は？」

「む、昔！　よくやってくれただろう！　私が父に怒られていた時とか……」

そう言えば昔は、よく成香の頭を撫でていた。

先程から鳴り続けているスマホが気になる。ここは早く言われた通りにしよう。

「……はいはい」

頭を撫でると、成香がふにゃりと笑(え)みを浮かべた。

「ああ……やっぱり、安心するな」

「高校二年生が、頭を撫でられて安心するのもどうかと思うぞ」

「わ、分かっている！　ただ、これは……私にとって、大切な思い出だったのだ。……正直、もう伊月とは会えないと思っていたからな」

昔と変わらず、成香の言葉は正直で真(ま)っ直(す)ぐだった。

むず痒(がゆ)い気分になりながら、俺は成香の頭を撫で続ける。

「悪かったな。前は、あんな急にいなくなって」

「……こうしてまた会えたんだ。もう、いい」

安心しきった様子で成香が笑みを浮かべる。

保健室の扉(とびら)が開いたのは、その時だった。

「——何をしているんですか？」

聞こえてきたその声に、俺は成香を撫でる手を止める。

扉の先から、雛子が現れた。

「ひな――」

「――こ、此花さんっ⁉」

咄嗟に唇から漏れた俺の声を掻き消すかのように、成香の声が響き渡る。

「ど、どうして、此花さんがここに……？」

「少し体調が悪くなりましたので、授業を抜けてきました」

完璧なお嬢様を演じる雛子が、淡々と答える。

同時に、先程から着信を報せていたスマホの震動が止まった。――しまった。静音さんはこれを伝えようとしていたのか。

「友成君と都島さんは、どうされたのですか？」

雛子が訊く。

成香を一瞥すると、彼女はすっかり緊張し、強張った表情をしていた。……こういう表情をするから恐れられるのだろう。傍から見れば、成香は物凄い剣幕で雛子を睨んでいるように見える。しかし、雛子が動じる様子はない。

ここは俺が答えるべきだろう。

「あー……その、廊下で成香が倒れたのを目撃して、俺が保健室まで運んできたんです」

「なるほど、そうでしたか。……都島さんは頭を怪我したのですか？」

「頭？　いや、そういうわけではありませんが……」

「そうなのですか？　頭を撫でていたようでしたから、そう思ったのですが」

いつも通りの口調だが、その目が僅かに昏い色を灯したような気がした。

やはり見られていたか……。

「こ、此花さん、聞いてくれ！　私と伊月は、昔、会ったことがあるんだ！」

成香が緊張した声音で言う。

「昔……？」

「そうだ！　十歳の頃、伊月は私の家に泊まったことがあって……」

「……泊まった？」

僅かに、雛子が顔を顰めたような気がした。

しかし成香がそれに気づく様子はなく、大きな声で肯定する。

「ああ！　その際、私は伊月にお世話をしてもらったんだ！」

「お世話？」

成香の説明に雛子は眉を顰めた。お世話というより、ただ傍にいただけなので、俺としては遊び仲間のような認識だったが……。

「伊月は幼い頃に私の面倒を見てくれた、いわば恩人だ。だから再会を喜んでいただけだ」

「……そう、でしたか」

雛子が納得する。一瞬だけ複雑な面持ちをしたような気がした。

「そうだ、伊月。また私の家に来ないか？　遊びに来るだけでもいいし……い、伊月さえよければ、また以前のような関係になってもいいと、思っているんだが……」

成香が俺に向かって言う。

だがそれは、雛子のお世話係を務めている今の俺には、できないことだった。

「成香、それは――」

「――それは無理ですよ、都島さん」

俺が否定するよりも早く、雛子が言う。

「友成君は今、私の家で働いているので」

「……はぇ？」

奇妙な声を発する成香を他所に、俺は目を見開いて驚愕した。

「ひな――此花さん。それは、ちょっと」

「どうかしましたか、友成君？　本当のことでしょう？」

確かに本当のことではあるが……それは秘密にする約束だろう。

　幸い、此花家で働いているという説明だけなら雛子の正体には辿り着かない。しかしできれば俺と雛子の関係は隠したかった。万一、成香がこの情報を言い触らせば、俺と雛子は学院中の生徒から注目される。それはお世話係の仕事に支障を来すことになるだろう。

「ど、どど、どういうことだ伊月⁉　お前は今、此花さんの家で働いているのか⁉」

「いや、その……」

　俺は困惑しながら雛子の顔を一瞥した。

　たとえこの場で俺が否定しても、雛子が肯定するなら意味はない。

「……まあ、そう、だな。主に……身の回りの世話をしている」

　そう答えると成香は目を見開いた。

「……ズルい」

　成香は恨めしそうに、雛子を睨んだ。

「ズルいぞ、お前！　わ、私だって……！　伊月は、元々、私の……ッ‼」

「昔のことは知りませんが、友成君の今の職場は、私の家です」

　にっこり、と雛子が笑みを浮かべて言う。

「友成君。都島さんは元気ですし、もう教室に戻った方がよいのではありませんか？」

「あ、ああ……そうだな」

多分、今の俺は相当、引き攣った表情を浮かべているだろう。

雛子は最後にもう一度だけ成香の方を見て、頭を下げた。

「私も体調が回復したようなので、失礼しますね」

お嬢様らしい柔和な笑みを浮かべながら、雛子が保健室の扉を閉める。

扉の向こうから、「ううううううう……ッ!!」と成香の唸り声が聞こえた。

——ごめん、成香。

今の俺は雛子のお世話係だ。基本的に、雛子には逆らえない。

それに……雛子とは少し、二人きりで話したいことがある。

「……保健室に来たのは、俺に会うためか？」

「ん。……一人だと迷うから、体調が悪いと言って、途中まで案内してもらった」

お嬢様の演技を止めた雛子が、首肯する。

「その、悪かった。お世話係なのに雛子の傍にいなくて。……でも、さっきのあれはどういうつもりだ？　俺たちの関係は秘密にするべきだって、静音さんも言っていただろ」

正直、成香が面白半分で噂を流すとは思えなかったが、万一の可能性はある。

隣を歩く雛子は、小さな声で答えた。

「……思った、だけ」

「え？」

「釘、刺した方がいいかなーって……思っただけ」

いまいち意味が分からない答えだ。

それとも、まさか……嫉妬して、くれているんだろうか。

……そんなわけがないか。

今までの雛子との距離感を思い出す。雛子にそんな発達した情緒があるとは思えない。

「……伊月」

首を傾げる俺に、雛子が訊く。

「伊月は、誰のお世話係？」

「それは勿論、雛子だ」

「ん。……なら、いい」

そう言って雛子は立ち止まり、満足気な笑みを浮かべながら、俺の顔を見つめた。

「一緒に……静音に怒られようね」

「……ああ」

頷いた俺は、深く溜息を吐いた。こうなった以上、お叱りは避けられないだろう。

クビにされたらどうしよう……。

「クビにはしません」

成香と再会した日の放課後。

車で屋敷に向かっている間に事情を説明した俺に、静音さんは言った。

「話を聞く限り、伊月さんだけでなくお嬢様にも問題があります。寧ろお嬢様が余計なことを言わなければ、誤魔化せていた可能性も高かったでしょう」

「……ですが、元はと言えば俺が成香と接触したことが切っ掛けで」

「都島様は廊下で倒れていたのでしょう？　それでは接触するのも仕方がありません」

内心で静音さんに感謝する。静音さんは厳しい人だが、融通を利かせてくれる人だ。お世話係だからと言って些細な人助けすら禁じるほど、冷酷ではない。

「伊月さんと都島家の関係については知っているつもりでしたが、少々、調査不足だったようですね」

「……知っていたんですか？」

「お二人が、はとこであることは知っていましたが、面識があることは知りませんでした。……恐らく、都島家が意図的に情報を止めていたのでしょう。伊月さんの実家と都島家は絶縁状態にありますから、余計な勘ぐりを避けるためかと思われます」

以前、華厳さんは友成家と都島家の関係について知っているような発言をしていた。あの時点で、俺たちの家の関係には気づいていたのだろう。

「というわけで、今回に限っては私にも落ち度があります。……こうなってしまった以上、都島様にはある程度、事情を説明した方がいいでしょう。まずは此花家で働いていることを詳しく説明し、その上で口封じの取引を持ちかけてください」

「分かりました。口封じは……大丈夫だとは思いますが、一応伝えておきます」

成香の性格上、人の噂を言い触らすような真似はしないだろう。

それに……成香には、話し相手になる友達もいないようだし。

「使用人は貴皇学院に通えませんから、伊月さんの身分は今後も中堅企業の跡取り息子で一貫します。その上で此花家に奉公に来ているという設定にしましょう。……お嬢様の実態はバレていないようなので助かりましたが、本音を言うと、伊月さんが此花家で働いていることも知られたくなかったですね。お嬢様が嫁ぎ先を探す際の障害となりかねません」

「障害、ですか？」

「同級生の異性が住み込みで働いているのですよ？　男性にとってはあまり良い印象ではないでしょう」

「……なるほど」

淑女としてのイメージが曇るといったところか。

「貴皇学院は社交場としての側面もあります。今後も人間関係は慎重に築いてください」

静音さんの言葉に俺は「はい」と頷く。

「あの、静音さん。別件で相談があるんですが……」

「何でしょう」

「その……クラスメイトたちと遊びに行くことって、できますか？」

「遊び、ですか？」

静音さんの目がスッと細められる。

「いや、浮かれているわけではありません。ただ先日、誘ってくれたクラスメイトがいまして……今後も断り続けるのは申し訳ないですし、あまり付き合いが悪すぎるのも不自然に思われるような気がして……」

「……確かに、そうですね」

納得した様子で、静音さんは暫く考え込む。

「分かりました。事前に日程を教えていただければ、こちらでサポートします」

「ありがとうございます」

仕事を放棄するつもりはないが、悪目立ちしない程度には人付き合いもした方がいい。

「自分のことを棚に上げるつもりはありませんが、今回の件については、伊月さんは勿論、お嬢様も反省してください」

静音さんの言葉に俺は頷く。しかし……隣に座る雛子は、何も反応を返さない。

「お嬢様、寝ているのですか？」

後部座席の方へ振り向く静音さんに、俺は苦笑しながら答える。

「寝てはいませんが……コアラみたいに、しがみつかれています」

雛子は俺の右腕をぎゅっと掴んで、胸元に引き寄せていた。

車に乗った直後から、ずっとこの体勢だ。

「……撫でて」

俺の腕に顔を埋める雛子が、小さな声で言う。

「頭、撫でて……」

「……はいはい」

言われた通り雛子の頭を撫でる。

静音さんは溜息を吐いて、再び前方を向いた。

屋敷に戻った俺はその後、静音さんのレッスンを受け、更に雛子を風呂に入れて、漸く一日の業務を終えた。微かに湿った髪をタオルで拭きながら自室に戻る。

部屋のドアを開けると、先程からずっと後ろにいた雛子が俺のベッドにダイブした。

「お風呂上がりの、ベッドは…………至福ぅ」

「いや気持ちは分かるけど」

なんで俺の部屋で寝るんだよ。

「ここで寝たら、中途半端な時間に起こすことになるぞ」

「むぃー……」

声を掛けると、雛子はごろりと寝返りを打った。既に寝ている。

「……本当に、よく寝るな」

今日は下校中も寝ていたし、この時間から翌朝まで眠るとなれば十二時間以上の睡眠となる。偶にならいいが、雛子は毎日そのくらい寝ていた。

ベッドで眠る雛子に布団をかけてやり、俺はもう少しだけ勉強をする。

数時間後。午前一時を示す時計を見て、俺は軽く伸びをした。

「雛子。そろそろ俺も寝たいから、部屋に戻るぞ」

「ん……」

振り返ると、雛子はベッドに横たわりながら、じっとこちらを見つめていた。

「起きてたのか？」

「……眠れない」

　不服そうな顔で雛子は言う。

「……寝過ぎた」

　言わんこっちゃない。

　流石の雛子も、無限に眠り続けることはできないらしい。

「……どうしよう」

「どうしよう、と言われてもな」

　額に手をやりながら、俺は教科書を端に寄せて机の上に置いてある書類を手に取る。

「こういう時のマニュアルは……」

　雛子の扱い方が事細かに記されたマニュアルを読む。

　そこにはちゃんと、雛子が眠れなかった場合の対処法が書かれていた。しかし――。

「『諦めて明け方まで付き添うべし』って……俺も明日は学校なんだけどな」

　成績のことを考えると学業を疎かにしたくない。そのためにも睡眠不足はできるだけ避けたかった。眠気を我慢しながら、あの学院の授業についていくのは難しい。

「なんだか……無性に、暴れたい気分……」

「やめろ」

身体を動かしたくて仕方ないのか、むずむずとする雛子にぴしゃりと告げる。

「暴れるのはやめて欲しいが……軽く身体を動かすくらいならいいかもな。疲れたらまた眠くなるかもしれないし」

幸い雛子の部屋には風呂がある。汗を掻いても問題ないだろう。

「問題はどうやって運動するかだが……」

暴れられても困るしなぁ、と考えていると、雛子が服の裾を引っ張ってきた。

「……散歩、しよ？」

散歩と言っても、流石に無許可で外出はできない。

しかしそれは雛子も分かっている。そこで雛子が提案したのは――。

「屋敷の散歩か。まあこれだけ広ければ、十分運動になるか」

「……ん」

俺の袖を摘まみながら、雛子が頷く。

「しかし……雰囲気あるな」

深夜の屋敷は独特な空気に包まれていた。まるでホラー映画の舞台のようで、肝試しをしている気分になってくる。運動による汗ではなく、恐怖による冷や汗が出そうだ。

だがそれ以上に、俺の頭の中はある感情で埋め尽くされていた。

──眠い。

雛子と違って、俺はそろそろ就寝する予定だったのだ。正直、歩くのも億劫である。

一方、雛子は完全に目が覚めているらしく、俺の腕を引いて屋敷を歩いた。

「あっちが……多分、食堂」

「そうなのか」

あっちは執務室だ。

「そっちは……応接間」

「そうなのか」

そっちは書斎だ。

素の雛子は極力頭を使いたがらないので、道を間違えることが多い。しかし残念ながら今の俺には、その一つ一つに突っ込みを入れる気力がなかった。

「むぅ……伊月、聞いてる？」

雛子が立ち止まり、上目遣いでこちらを見る。

「悪い。ちょっと眠たくて……」

「……折角、案内しようと思ったのに」

そう言われると、申し訳ない気持ちになった。

この時間帯でなければ歓迎したいところだが……よく考えると、俺の予定も夜まで殆ど埋まっているのだ。雛子と二人きりで屋敷を歩く機会は貴重かもしれない。

「お気に入りの場所とかないのか？」

眉間を揉み、なんとか眠気を振り払った俺は雛子に訊いた。

「……お気に入り？」

「雛子もずっと自分の部屋にいるわけじゃないだろ？　たとえば俺が、静音さんのレッスンを受けている間とか、部屋以外だとどこにいるんだ？」

そう告げると、雛子は心当たりがあったように小さく頷く。

「……案内する」

雛子に手を引かれて、歩き始める。

十分後。何度も道を間違えた俺たちは漸く目的地に辿り着く。

そこは廊下の突き当たりにある小さな勝手口だった。

「ここが、お気に入りの場所？」

「ん。……屋敷の出口」

「何故」

どうしてここがお気に入りの場所になるんだ……。

「偶にここから……こっそり、庭に出ている」

「おい」

見たところ、この勝手口は他の場所からは死角となっている。使用人たちが普段働く場所からも遠いため、見回りも滅多に来ない。敷地外に出る門とは距離があるため、庭までしか出られないが、成る程、確かにこっそり出入りするには丁度いい場所だ。

「いいのか？　俺に教えてしまったら、静音さんに告げ口するかもしれないぞ」

「伊月は、そんなことしない。……伊月だから、教えた」

微笑しながら、雛子は言う。

そこまで信用されると、こちらも応えたくなるのが人の性だ。

「ふわぁ……眠たく、なってきた」

雛子が口元に手をやって欠伸する。

「部屋まで戻るか」

「ん」

どうやら身体を動かしたことで、眠気が蘇ったらしい。

部屋に入った雛子はすぐにベッドに横たわった。

「さて……俺も部屋に戻って寝るか」

静かにドアを閉め、自室へ戻ろうとする。その時――。

「何をしているのですか？」

「うわあっ⁉」

突然、背後から誰かに話しかけられ、俺は肩を跳ね上げた。

振り返るとそこには、眦鋭くこちらを睨む静音さんが佇んでいる。

「流石にその驚き方は失礼かと思いますが」

「す、すみません……」

人の気配がない深夜で、辺りが静寂に包まれていただけに、驚いてしまった。

窓から射し込む月明かりが静音さんを照らす。その姿を見て俺は暫し言葉を失った。

「どうかしましたか？」

「いえ、その……静音さんの、メイド服じゃない姿を見るのが初めてだったので……」

完璧超人である静音さんも今はオフだ。静音さんは髪を下ろした寝巻姿だった。

「変でしょうか」

「変というより、新鮮に感じるというか……普段と比べて、子供っぽいというか……」

「喧嘩を売っているようですね」

「違いますけどすみません！」

若く見えると言った方がよかったかもしれない。いや、それも失礼か。

俺も眠たいせいで頭が働いていない。

「大体、私はこれでもまだ大学生です」

「え、そうなんですか？」

「はい。ですから年相応と言ってください」

元々若い方だとは予想していたが、まだ学生とは思わなかった。

「大学は、どうしているんですか？　いつも屋敷で働いていますけど」

「休学中です」

そうか、大学は自主的に休むことができるのか。

もしかすると静音さんは実質、此花家への就職が決まっているのかもしれない。

「それで、こんな時間に何をしていたのですか？」

「大したことではないんですが……」

俺は雛子が眠れなかったことと、屋敷を散歩していたことについて説明した。

「成る程、そういうことでしたか」

「雛子って、いつも寝てますし……こういうことがよくありそうですね」

「いえ、今回のケースは初めてです」

その回答に、俺は驚く。

「でもマニュアルには、今回のようなケースも載っていましたが」

「よく読んでください。それはお嬢様が夜更かしを希望した場合のマニュアルです。眠れなくなった場合のマニュアルではありません」

そうだったのか。

どうやら普段の雛子は、そこまで生活サイクルが滅茶苦茶なわけではないらしい。

「安心して、気が抜けているのでしょう。良くも悪くも……」

小さな声で、静音さんは呟いた。

「伊月さんが来てから、お嬢様は良くも悪くも変わりました」

「……すみません」

「一概に悪い変化とは言えませんから、貴方を責めることはできません。ただ……」

思案気に、静音さんは呟いた。

「……華厳様が、お気になさらなければいいのですが」

どこか思案顔で、静音さんは呟いた。

三章 ◆ お茶会

学院生活三日目。

二限目の授業が終了して休み時間になると、大正と旭さんが俺のもとへやって来た。

「友成、今日の放課後はどうだ？　前は早く帰らなくちゃいけないって言ってたが、偶には遊んでもいいだろ？」

大正の問いかけに、俺は微笑を浮かべて答えた。

「今日は空いているので、大丈夫ですよ」

「お、いいね！」

先日、静音さんと話し合った結果、午前中に報告すれば放課後に用事を入れてもいいことになっている。昼休みまでに静音さんへ報告しておこう。

「友成君は何処か行きたいとこある？　無かったらアタシたちが勝手に決めるけど」

「そうですね……折角なので、お任せします」

貴皇学院の生徒たちが放課後どこで時間を潰すのか、俺はあまり知らないので、ボロを出さないためにも二人に任せることにした。

「大正君、どうしよっか。日帰りだから海外には行けないよね？」

「台湾なら片道三時間で行けるが……夕食だけ食べて帰るにしても、日を跨ぐかもしれないな。国内の方がいいんじゃないか」

「あ、じゃあ京都は？　この時期だと京たけのこが美味しいよ」

「京都か。それなら俺もいい店知ってるぜ」

気軽に相談する二人の話を聞いて……俺は冷や汗を垂らした。

そうだ。そうだった。忘れていた。この二人もブルジョワだった。

「あ、あの。予定が空いているとは言っても、夜までには帰らなくてはいけないので、できれば近くでお願いします……」

「そうなのか。なら遠出はしない方がいいな」

もし俺が話を止めなかったら、俺は放課後、京都に向かっていたのだろうか……。

「学院にあるカフェはどう？　お話しするくらいなら丁度いいんじゃない？」

「あー、確かにいいかもな」

同意を示す大正の隣で、俺は首を傾げる。

「えっとね、この学院にはお茶会向けのカフェが幾つか用意されてるの。中にはかなり本格的なところもあるんだけど、学院内だからドレスコードは不要だし、生徒たちの間では人気なんだよ？」

「そうなんですか……知りませんでした」

しかし本格的な店に行くとなると、マナーに注意しなくてはいけない。

静音さんからマナー講習は受けているが、まだ不安だ。

「まあでも、今回は親睦を深めることが目的だし、気軽に話せるところがいいだろ。食堂の隣にあるカフェでいいんじゃないか？」

「それもそうだね」

大正の提案に旭さんが賛成する。

俺は内心で大正に感謝した。本格的な店に行くことにならなくて良かった。

「しかし三人だけっていうのも、ちょっと寂しいかもな」

「そうだね〜。もう二、三人増えればいいんだけど」

大正と旭さんが言う。

「友成、他に誘えそうな奴がいたら呼んでもいいぜ？」

「そうですね……少し考えておきます」

昼休み。俺は雛子と共に、屋上で弁当を食べていた。

「伊月……次、昆布」

「はいはい」

弁当から昆布を箸で摘まみ、雛子の口元に持っていく。

「んむー……そこそこ美味い」

いや、めっちゃ美味いだろ。

流石は此花家のご令嬢。舌が肥えている。

「なぁ……せめて食事くらい、自分で食べたらどうだ？」

「いーやー……」

「演技できるってことは、その気になれば自分一人でも食べられるってことだよな？」

「仕事放棄、はんたーい」

そう言われると反論しにくい。

雛子が咀嚼している間、箸を持ち替えて自分の弁当を食べる。

「……伊月」

「ん？」

「今日、遊びに行くの……？」

「遊びっていうか、クラスメイトとカフェに行くだけだが……」

「私も行く」

淡々とした口調で雛子が言った。

「伊月が行くなら、私も行く」

「それは……俺は別にいいんだが、静音さんから許可は貰っているのか？」

「……今、貰う」

そう言って雛子はポケットからスマホを取り出した。

不慣れな様子で雛子はスマホを操作し、耳元にあてる。

『お嬢様？　何かご用ですか？』

すぐ傍で電話しているため、静音さんの声は俺にも聞こえた。

「お茶会に出たい。伊月と一緒に」

『……承知いたしました。元々、本日は伊月様の予定に合わせて動くつもりでしたから、お嬢様が参加しても問題ありません』

思ったよりも簡単に許可が出た。

俺と同じように、雛子も人付き合いがあまりにも悪すぎると不審に思われる。雛子が放課後に予定を入れることは、ある程度、想定済みらしい。

『ですが、お嬢様。いいのですか？　そろそろ限界が近いのでは……』

「……大丈夫」

最後によく分からないやり取りが聞こえたが、雛子はすぐに通話を切った。

「じゃ、そーゆーことで……よろしく」

「ああ。ちなみに今のところメンバーは大正と旭さんだが、二人のことは知ってるか？」

「……名前は知ってる」

曖昧な返事に、俺は顔を顰める。

名前を知っている程度の相手と、会話が弾むだろうか。

「あの……無理して参加する必要はないぞ？　今回のは本当にただの人付き合いなわけだし、楽しめそうにないなら、ついて来ない方が気も楽なんじゃ……」

「……伊月が行くなら、私も行く」

いまいち納得しにくい理由だが、本人にその気があるなら止める必要もないか。

昼休みが終わり、俺と雛子は距離を空けて一人ずつ校舎に戻る。

「これで四人か……」

放課後のお茶会に参加する面子は、雛子を含めて四人になった。これだけいれば十分な気もするが……他に誘える相手がいないか考えたところで、一人の人物が思い浮かぶ。

「友達を作りたいと言ってたし……一応、呼んでみるか」

不器用で寂しがり屋な少女のもとへ、俺は向かった。

目当ての人物、都島成香はすぐに見つかった。

先日の体育の授業にて、成香の所属するクラスが二年Ｂ組であることは分かっている。雛子が教室に戻って演技を始めたことを確認した俺は、すぐにＢ組の教室に向かい……ものの数秒で成香を発見した。

……浮いてるなぁ。

予想はしていたが、成香は昼休みを孤独に過ごしていた。

窓際の後ろから二番目に座る成香は、黙々と食事をしているように見える。

遠目に見れば凛と佇む美人だが、目を凝らせば眉間には皺が寄っており、その吊り上がった目もどこか不機嫌に見えた。これなら人が近づかないのも無理はない。

だからこそ、できれば俺の方から声を掛けたいが……。

そう思った直後、成香がこちらを振り向いた。

「……？　……伊月っ!!」

俺に気づいた成香が、食事を中断して勢い良く立ち上がった。

堪えきれず笑顔になった成香が俺に近づく。

その間、B組の教室は騒然としていた。

「おい、嘘だろ……？」

「み、都島さんが人の名前を呼んだ……？」

随分と悲しい噂話が聞こえるが、成香はそれに気づくことなく俺の正面まで来た。

目立ち過ぎたかもしれない、と反省する俺に、成香は目を輝かせながら口を開く。

「な、何の用だ⁉　私に何かあるのか⁉　ちょ、ちょうど私は暇だったところだ！　なんでもいいから話そうじゃないか！」

ぐいぐい来るな……。

どうやら一人でいることが相当寂しかったらしい。

「と、取り敢えず場所を変えてもいいか？」

「ももも、勿論だ！　何処だろうとついて行くぞ！」

数え切れない視線が突き刺さる中、俺は成香と共に校舎の外に出た。

万一、雛子が想定外の行動をしてもすぐに対応できるよう、なるべくA組の教室からは離れたくはない。人気の少ない校舎裏に行き、俺はそこで改めて成香の方を振り向いた。

「その、色々と話したいことがあってな。先日の件についても説明できてないし」

「先日の件……そ、そうだ！　私はまだ許していないぞ！」

途端に我に返ったかのように、成香は顔を真っ赤にして怒りを露わにした。

「お、お前は私のお世話をしていたのに、どうして……どうしていきなり、此花さんのお付きになっているんだ！　こ、こここ、この、裏切り者めぇ‼」

「いや、裏切り者って……俺が成香のお付きだったのは昔の話だろ」

「む、昔の話と切り捨てるのも、酷いではないか！　私はまた、お前と一緒に暮らしたかったんだぞ‼」

「え…………そう、なのか？」

こちらが驚くと、成香は自分が何を告げたのか自覚したらしく、顔を真っ赤に染めた。

「わ、わあああああ⁉　今のは無し！　無しだ！　忘れろ！」

「あ、ああ……その、少し落ち着いてくれると助かる」

昔より酷くなってないか……？　哀れな気持ちになってくる。

「昨日、話した件についてだが……簡単に言うと、俺は養子になったんだよ」

「……養子に？」

「ああ。今の俺の父親は、中堅企業の社長なんだ。で、その社長が此花家と縁があって、俺が貴皇学院に通っている間、此花さんの家で働くことになった」

「む……待て。どうしてそうなる。別に此花家と縁があるからといって、此花家で働くことにはならないだろう」

　そう言うと思った。

　冷静に、昨晩必死に覚えた設定を思い出す。

「行儀見習いって分かるか？」

「ああ。富裕層の家に住み込みで働き、礼儀作法を学ぶことだな。日本では明治時代の頃に流行し、ヨーロッパでは中世の頃から慣習化されていた」

　流石によく勉強している。成香も貴皇学院の生徒だ。賢さは俺と比べ物にならない。

「俺が此花家で働いているのは、行儀見習いみたいなものだ。なにせ俺は礼儀作法なんてまるで知らないからな。だから此花家で勉強させてもらう代わりに、手伝いをしている」

「……なるほど。そういうことか」

　改めて思うが、静音さんはよくこんな設定を思いつく。偽造も完璧らしく、もし探りを入れられてもある程度は誤魔化せるとのことだ。

「し、しかし……それなら、私の家でも良かったではないか」

「いや、そう言われても、先に思いついたのが此花家だったとしか……」

「……むむむ」

成香は顔を顰めた。

「できれば、この件は誰にも言わないでくれ」

「……分かっている。養子というのは何かと脆い立場だからな」

内密にしてもらいたい理由は他にあるが、成香は都合良く解釈してくれた。

俺と雛子に関する話は、これでいいだろう。

「ところで成香。今日の放課後は暇か？」

「放課後？　まあ、空いているが」

「良かったらカフェで話でもしないか？」

「カフェで話？　……そ、そそそ、それはまさか、お茶会か⁉」

「まあ、そんな感じだ」

「ぜ、是非とも参加させてもらおうっ！」

成香は途端に目を輝かせて言った。

「あ、あぁぁ、実を言うと憧れだったんだ、お茶会……！　貴皇学院の生徒は皆、お茶会で親睦を深めていると言うが、私は今まで誰にも誘われたことがなくてな……このまま卒業まで縁の無い話だと思っていた……」

「そ、そうか……それは、その、辛かったな」

俺は成香と会話する度に、不憫な気持ちになっている気がする。

「ちなみに、今のところ参加者は俺たちの他に、A組の大正、旭さん、此花さんの三人だ」

「……え？　ほ、他の人もいるのか……？」

「ああ。一応、俺の歓迎会という名目だしな」

「歓迎会……そうか。聞いた話によると、伊月は先日編入したばかりだったな」

貴皇学院で編入生は珍しくないらしいが、それでも軽く噂にはなる。

成香も俺が先日編入したことくらいは知っているらしい。

「参加……したいが、不安だな……う、うまく話せないかもしれないし……」

「俺とは普通に話せるじゃないか」

「それは、だって……伊月は昔の私を知ってるし、今更、取り繕う必要がないだろう」

「じゃあ、他の人にも取り繕わなければいいんじゃないか？」

「そ、それができれば苦労しない!!」

成香が目尻に涙を浮かべながら言う。

「それに……これは私個人の問題でもないのだ」

「……どういうことだ？」

「自分で言うのもなんだが、都島家は大きな家だ。それ故に、大半の生徒は私の家柄に萎縮してしまう。……私が不器用なだけでなく、相手も最初から私に怯えているのだ」

「……なるほど」

それは確かに、成香だけの問題ではない。

「その点、此花さんは凄い人だ。伊月を取られた手前、認めたくはないが……彼女の人望は心の底から羨ましいと思う。普通、此花家ほど大きな家柄を背負っていると、殆どの生徒は萎縮する筈だが……それでも此花さんは、色んな人から気兼ねなく声を掛けられている。一体どうやったら、あんな風に慕われるんだろうな……」

視線を落としながら成香は言った。

俺は雛子の人望が厚い理由を、多分、知っている。——演技だ。雛子は完璧なお嬢様という、万人に好かれる演技を徹底している。

しかしそれは、公にはできない。

「此花さんの人望が厚い理由は、俺には分からないが……一緒に話してみれば、ヒントが見つかるかもしれないぞ」

「……そうだな。伊月もいるし、放課後のお茶会には是非とも参加させてもらおう」

勇気を振り絞るように、成香は拳を握り締めて言う。

「で、でも、大丈夫だろうか。私が行って、不愉快に思われたり……」

「大丈夫だと思うぞ、多分」

「多分……？」

「絶対」

不安を抱く成香を、俺は溜息交じりに元気づける。

旭さんも大正も、成香を嫌ってはいない。特に旭さんは以前、成香と友好を深めるために自分から声を掛けたと言っていた。それなら成香が参加しても悪く思われないだろう。


成香と別れ、A組の教室に戻ろうとした時。

廊下の奥から、二人の女子生徒の話し声が聞こえた。

「あ、ありがとうございます!! 手伝ってもらって！」

「お礼は結構ですわ」

お辞儀する少女に対し、金髪縦ロールの生徒が堂々とした態度で返す。

目立つその容姿を目の当たりにして、俺はつい彼女の名を口にした。

「天王寺さん？」

「あら、貴方はいつぞやの……」

こちらを見る天王寺さんの瞳が、スッと細められる。

そう言えば以前はドタバタした別れ方になってしまった。あの時のことを思い出されては厄介なことになりそうなので、俺はすぐに他の話題を探す。

「えーっと、何をしていたんですか？」

「大したことではありませんわ。日直が授業で使うための資料を運んでいましたから、それを手伝っていただけですの」

以前、財布を回収して貰った時も思ったが、天王寺さんは見かけによらず親切だ。どうやら日頃から率先して人助けをしているらしい。

「そう言えば聞きましたわよ。貴方、編入生だったようですね」

「はい。一昨日、編入してきました、友成伊月です」

今更ながら、俺は自己紹介していなかったことを思い出して名乗る。

「では友成さん。……貴方、此花雛子と一緒に登校してきたようですね。一部では噂になっていますわよ」

そう言えば天王寺さんは、雛子のことを目の敵にしているんだったか。

このまま俺まで敵視されては面倒だ。弁解はしておこう。

「確かに初日は学院へ案内してもらうため一緒に登校しましたが、昨日と今日は別々に登校しましたよ。此花さんとは家の繋がりがあるだけで、それ以上は何もありません」

「どうだか。貴方も此花一派ではなくて？」

「此花一派？」

首を傾げる俺に、天王寺さんは説明する。

「わたくしが勝手にそう呼んでいるだけですわ。貴皇学院には、此花雛子を崇拝する生徒も数多くいますから、そういった者たちの総称ですの」

「……なるほど」

ファンクラブみたいなものか。貴皇学院も存外、俗っぽいところがある。

「……天王寺さんは、此花さんのことが嫌いなんですか？」

「き、嫌いというわけではありませんわ！　ただ、此花雛子のせいでわたくしの本来の威光が薄れているのです！」

急に慌てた様子で、天王寺さんは言う。

「此花雛子の能力については認めます。わたくしに並ぶほどの容姿と、わたくしに並ぶほどの成績ですから。あれで人気が出ない筈ありませんわ」

「遠回しな自画自賛……」

その自信、少しくらい成香に分けてやってくれ。

「しかし此花雛子は……この天王寺グループの娘であるわたくしを差し置いて、いくらなんでもちやほやされ過ぎですの！　……天王寺グループは此花グループに引けを取らない規模の企業であり、その歴史は寧ろこちらの方が深いのです！　つまり本来なら！　このわたくしが！　貴皇学院で一番、注目されるべき生徒ですわ!!」

語気強く告げた天王寺さんは、キッと俺を睨む。

「貴方も此花一派でないなら、そう思いますわよね!?」

「え？　ええ、まあ……」

「そうでしょう、そうでしょう!!　まったく気に入りませんわ！　どうしてわたくしよりも、あの女の方が目立っているのでしょう！　あのような八方美人、どうせ家に帰ったらぐうたらしているだけの駄目人間に決まっていますわ！」

さり気なく真実に触れたな……黙っておこう。

「……やはり、人当たりの良さが理由でしょうか？　いえ、高貴な生まれである以上、本来ならわたくしのように毅然とした振る舞いをするべきです。笑顔が多すぎるのも威厳を損なう恐れがありますし、勉強で分からないところを教えるのも、やり過ぎれば相手のためになりませんわ。大体、あの女は先日も――」

ブツブツと独り言を呟く天王寺さんに、俺は思ったことを告げてみた。

「天王寺さんって、此花さんのことめちゃくちゃ詳しいですね」

「なっ⁉　べべべ、別に、このくらい普通ですわ！」

顔を真っ赤にした天王寺さんが、大袈裟に否定する。

「わたくしと、此花雛子は……そう、ライバル！　ライバルですの！　だから調べるのは当然のことですわ！　彼を知り己を知れば百戦殆からず、とも言うでしょう」

難しい故事が出る一方で、俺は天王寺さんの性格について少し考えていた。

——成香が言っていたな。

大きな家柄を背負っていれば、周囲が萎縮してしまう。

天王寺グループという巨大な家柄を背負う彼女は、もしかすると成香と同じように孤独を抱えているのかもしれない。

だが、雛子なら……同じ規模の家柄である雛子なら、きっと天王寺さんと対等な関係を築ける。天王寺さんもそれを察して、雛子に執着しているのだろうか。

「あの……今日の放課後、空いてますか？」

「放課後？　まあ、空いていますが、何故ですの？」

「食堂の隣にあるカフェで、お茶会をする予定なんです。ちなみに此花さんも来ます」

「こ、此花雛子が⁉」

天王寺さんは目を見開いて驚いた。

「さ、さては貴方、わたくしを此花一派に懐柔するつもりですわね……ッ!!」

「なんでそんなに警戒心が強いんですか。……普通に誘っているんですよ」

雛子のことを意識しすぎである。

「ま、まあ、あの女がどうしても来て欲しいと言うのであれば、仕方なく参加しても構いませんわよ？」

「いや、別に此花さんは何も言っていませんが……」

「……そうなんですの？」

「はい」

「……」

「……」

「……」

「……あの、やっぱり言っていたかもしれないので、来てもらってもいいですか？」

「し、仕方ないですわね！　それでは、参加させていただきますわ！」

気まずい空気になったので、俺は優しい嘘をつくことにした。

天王寺さんが目をキラキラと輝かせる。やはりお茶会には参加したかったらしい。

「彼を知り己を知れば百戦殆からず、とも言いますしね！」

それはさっき聞いた。

そして、放課後。カフェに集まった面子を見て、大正と旭さんは目を点にしていた。

「誘えそうな奴がいたら、誘ってもいいとは言ったが……こりゃまた、すげぇ面子だな」

大正が、この場に集まる令嬢たちの顔ぶれを見ながら言う。

円形の白いテーブルを中心に、六人の男女が集まっていた。当初のメンバーである俺と大正と旭さんに加え、俺が連れてきた雛子と成香と天王寺さんである。

三人の令嬢は、いずれも場の空気に流されるような気質ではない。雛子はお嬢様の演技中であるため優しい微笑みを浮かべており、成香はその隣で挙動不審になっており、天王寺さんは堂々と紅茶の入ったカップを傾けていた。

「ね、ねえ、友成君。これ、どういう繋がり？　なんで編入三日目で、こんな凄い人たちと知り合ってるの……？」

「なんでと言われても、成り行きとしか……」

雛子はともかく、成香と天王寺さんを誘った理由は、それぞれ親睦を深めるいい機会だと思ったからだ。しかし冷静に考えれば、確かにこれは凄い面子かもしれない。此花家、都島家、天王寺家の令嬢が一堂に会するのは稀なことなのだろう。

「そう言えばこれは、友成さんの歓迎会でしたわね」

カップをテーブルに置いた天王寺さんが、俺の方を見る。

「遅くなりましたが、まずは編入おめでとうございます。貴皇学院は他の学び舎と比べて厳しい教育指針ではありますが、ここを卒業すれば確実に将来の実りへと繋がることでしょう。これからの活躍に期待していますわ」

「あ、ありがとうございます」

動揺しつつも礼を述べた。

堂々とした佇まいの天王寺さんからそう言われると、嬉しい気持ちになる。

「初めてお話しする方もいますし、改めて自己紹介しておきましょう。わたくしは天王寺美麗。天王寺グループの娘ですの」

自己紹介の流れが生まれたため、大正と旭さんが続く。

「大正克也です。実家は運輸業をやってます」

「旭可憐です。実家は小売業……の中でも、家電量販店がメインかな」

二人に続き、雛子と成香も自己紹介をする。

「此花雛子です。よろしくお願いいたします」

「み、都島成香だ。その、よろしくきゅっ」

噛んだ……が、俺は気づかなかったフリをした。

雛子と天王寺さんの表情は変わらない。気づいていないのか、それとも気にしていないのか。一方、大正と旭さんは不思議そうな顔をしている。「まさか、あの都島さんが噛むなんてことはないだろう」とでも言いたげな様子だ。

「友成伊月です。実家はＩＴ企業を営んでいます」

最後に俺が、名と家業について告げる。

全員の自己紹介が済んだところで、天王寺さんが口を開いた。

「先に言っておきますが、わたくしの家柄を気にする必要は全くありませんわ。いつも通りの口調で接していただいて結構です。……大正さんも旭さんも、普段はもう少しフランクな口調ではありませんでしたか？」

「うっ……ま、まあ、バレてるなら意味ないか」

「あはは、そうだね。じゃあ、いつも通りにさせてもらおうかな」

二人は一瞬だけ気まずそうにしたが、すぐに気を抜いた。

その後、天王寺さんは雛子の方を見る。

「此花さんとは、偶にお茶会で会いますわね」

「そうですね。天王寺さんにはいつもお世話になっています」

「………皮肉ですの……？」

天王寺さんが引き攣った笑みを浮かべる。

しかし雛子はそれに気づいていない様子で、悠然と紅茶を飲んでいた。

成香も天王寺さんも容姿端麗な少女だが、やはり雛子はその中でも別格の気品を醸し出している。優雅にカップを傾けるその姿は、この場にいる全員の視線を釘付けにした。

「あ、あの！　此花さん！　アタシ、同じクラスなんですけど……その、分かります？」

「勿論ですよ、旭さん。いつもA組のムードメーカーになっていただき、ありがとうございます。旭さんのおかげで、教室の居心地がよくなっていると日々感じています」

「あ、あはは、どういたしまして。…………うわ、やばっ。此花さんにそう言ってもらえると、めっちゃ嬉しいかも」

旭さんは、ニマニマとした顔を必死に両手で隠そうとした。

「お、俺は？　俺はどうっすか!?　此花さん！」

「大正君のことも存じていますよ。誰に対しても分け隔てない親しげな態度が、とても魅力的だと思います」

「おぉ、おぉぉ……っ!!　なんか今、すげぇ徳が上がった気がする……！」

徳は上がっていないと思うが、天にも昇りそうなくらい喜んでいた。

「ぐぬぬ……何故、わたくしには何も訊かないんですの……ッ！」

雛子が視線を独り占めしたことで、天王寺さんが明らかに不機嫌になっていた。単に話の流れでそうなっただけだと思うが、念のため話題を変えることにする。

「成香は、ここにいる人たちとお茶会で話したことはないのか？」

「あ、ああ。私は学外での催しも、最低限しか参加していないからな」

最低限しか呼ばれていないわけではなく……？

と、心の中で呟いたその時、俺は皆から視線を注がれていることに気づいた。

「……成香？」

誰かが言う。俺が成香のことを下の名前で呼んでいることが気になったらしい。

まずは俺と成香の関係について、説明しておくべきだったかと考えていると、

「わ、私と伊月は、十歳の頃に会ったことがあるんだ。その繋がりで、今回のお茶会にも呼んでもらった」

「へぇ～！　そうだったんだ！」

成香の説明に、旭さんが驚いた。

成香が顔を伏せる。単に照れているだけだが、その表情は硬く、見る人によっては不機嫌になったと思われるかもしれない。こういうところが成香を孤立させているのだろう。

成香をこの場に誘ったのは俺だ。フォローしておこう。

「誤解されているみたいですが、成香はそんなに怖い人ではありませんよ。子供の頃を殆ど家の中で過ごしていたようですから、ちょっと会話が苦手なだけです」

「……そう、なの？」

「はい。例の噂についても、全部嘘です」

目を丸くする旭さんに、俺は断言してみせる。

「い、伊月ぃぃ…………っ!!」

感激した成香が涙目で俺の方を見た。これを機に成香にも友人ができればいいが……。

「確か、都島さんの家はスポーツ用品メーカーでしたわね？」

天王寺さんが、成香に訊いた。

「あ、ああ。その……よく、知っているな」

「ご謙遜を。この学院で都島家を知らない生徒などいません。例の噂も、少し調べれば真実ではないとすぐに分かります。……社交場ではあまり見かけませんが、普段はどのように過ごしていらっしゃるのですか？」

「ふ、普段か……普段はその、家で稽古を……」

「稽古？」

「その、我が家には道場があってな。そこで汗を流すことが私の日課なんだ。さ、最近は家の商品の試用を頼まれることも多い」

「そうでしたの。中々、充実した日々を送っているようですわね」

天王寺さんが感心した素振りを見せる。

その隣では、旭さんと雛子が会話していた。

「折角だからアタシも此花さんに訊きたいんだけど、家ではどんな風に過ごしてるの？やっぱり、ずっと勉強とか？」

「勉強も大事ですが、同じくらい息抜きもしていますよ。読書とか……あとは、お菓子を食べることもあります」

「へぇ～、此花さんもお菓子とか好きなんだ。どんなものを食べてるの？」

「そうですね……スコーンなどでしょうか」

嘘つけ。

お前、ポテチばかりだろ。

「そう言えば、此花さんと友成君は家の繋がりがあるんだっけ？」

旭さんが雛子に訊いた。

「はい。私の父と、友成君の父が知り合いなんです」

「二人は最近まで会ったことがなかったの？」

「そうですね。ですが今では、こうして席を共にするくらいには交流があります」

雛子が笑みを浮かべながら答えると、旭さんは「ふぅん」と楽しそうに相槌を打った。

「なんだか怪しいなー？　本当に二人はそれだけの関係なのー？」

「おいおい、旭。流石にそれは邪推だろ」

大正が苦笑しながら言う。

「えー、でもさ。親同士の繋がりって許嫁みたいなものだし、そこから恋に発展するのは定番じゃん。ひょっとしたら二人も、既にいい関係だったり……？」

なんとなく口調から冗談であることは分かる。

しかし、そんな旭さんの問いかけに対し、雛子は何も言わずゆっくりと紅茶を飲んだ。

……おい。なんで急に黙る。

意味深な沈黙に感じた。冗談交じりで訊いていた旭さんも、次第に真顔となる。

天王寺さんは眉間に皺を寄せて訝しんでいた。そして成香は、青褪めた顔でこちらを見つめている。

「いや、あの……そんなことありませんよ」

雛子が全く答えようとしないので、俺が代わりに答える。

「さっき此花さんも言いましたが、親同士の繋がりがあるだけで、俺たちに特別な関係があるわけではありません。それに……俺と此花さんでは釣り合いませんよ」

片や日本人なら誰もが知る此花グループの令嬢、片や中堅企業の跡取り息子。俺の表向きの身分ですら十分に差がある。

「まあ釣り合うかどうかはともかく……友成君、今は勉強とかで大変だもんね。それどころじゃないか」

「そんなところですね」

旭さんの言葉に、笑みを浮かべて相槌を打っていると、隣で成香が俯いた。

「ふん…………嘘つきめ」

成香が俺にだけ聞こえる小さな声で呟く。

声量を抑えてくれる以上、口封じの件はしっかり受け入れているようだが、やはり俺が此花家で働くことは未だ不満に感じているらしい。

とは言え——概ね、順調か。

成香は無事にこの面子に馴染めたようだし、天王寺さんも雛子との関係を除けば友好的だ。二人ともお茶会に誘ってよかったと今なら思える。

気を抜いて、テーブルに置かれた紅茶を飲んだ。

するとてん天王寺さんから視線を注がれる。

「友成さん。紅茶を飲む時は、口をカップに近づけるのではなく、カップを口に近づけた方が優雅に見えましてよ？」

「な、なるほど……ありがとうございます」

気を抜いたら、すぐにボロが出てしまう。

よく見れば俺以外の全員が、そのような所作で紅茶を飲んでいた。……反省しなくてはならない。俺は他の皆とは違い、偽りの身分でこの学院にいることを思い出す。

「友成は、この学院に来るまでは普通の学校に通っていたんだったか？」

「はい。だからマナーには少し自信がなくて……」

大正の問いに、俺は首を縦に振った。

「そう言えば一年生の時、クラスの友人から聞いたんだけど、普通の学校って色々と面白い文化があるよね。例えば…………ワリカンとか」

「ワリカン？」

旭さんの言葉に、大正が首を傾げる。

他の皆も不思議そうな顔をしていた。どうやら俺が説明しなくてはならないようだ。

「ワリカンは、店の会計を皆で分割して払うことですが……貴皇学院の生徒はそういうことをしないんですか？」

「しないな。普通に誰かが一括で払った方が早くないか？」

「それはそうですが、でもそうすると、全額奢ってもらうことになりませんか？」

「気になるなら次は自分が払えばいいと思うが、基本的に奢るとか奢られるとか、そんな気にしないだろ。店に誘った奴や、なんとなく払いたい奴が払えばいいんじゃないか？」

そんな適当でいいのか……俺は奢られると凄く気にするんだが。

「あとは、ほら。借りパクっていうのもなかったっけ？」

「あったあった。借りてきたものをそのまま盗むやつだろ？　あれってなんで盗むんだろうな。普通に買えばいいのに」

「い、いや、借りパクは文化じゃないんですが……」

盛り上がる旭さんと大正の会話に割って入り、どうにか知識を訂正する。借りパクなんて俺たち庶民の間でも滅多に起きないし、仮に起きたとしても大抵は不慮の事故だ。

「友成が前いた学校にも、そういうのはなかったのか？」

「そう、ですね……」

純粋に好奇心で訊かれていることが分かるため、俺も一応、大正たちが面白がるようなものを考える。

「三秒ルールというのは、どうでしょう」

「三秒ルール？」

旭さんが首を傾げる。誰も知らないようなので、俺は説明を続けた。

「主に食べ物について使われる言葉ですが、一度落としたものでも、三秒以内に拾えばまた口にしていいというルールです」

「な、なんだそりゃ……」

「大したことじゃないんですけど……一応、実践(じっせん)します」

そう言って、俺はテーブルの中央に置かれた焼き菓子を摘(つ)まんだ。

全部落とすのは勿体(もったい)ないので、半分ほど齧(かじ)って欠片(かけら)ほどの大きさにする。

「食べている最中、こんな感じに落としたとしても……」

わざと菓子をテーブルに落とした俺は、素早(すばや)くそれを拾い上げた。

「といった風に、三秒以内に拾えばまた食べてもいい……というルールですね」

「はぁ……面白いことを考えるもんだな」

馬鹿(ばか)にしてんのか。

いや、馬鹿にはしていないのだろうが……素直(すなお)に感心されても困る。

これは普通に行儀が悪い話だ。

あまり真似しない方がいいと、言おうとしたところ――。

「こんな感じでしょうか？」

正面に座る雛子が、俺の真似をしてテーブルに菓子を落とす。

そして、拾ったその菓子を小さな口で咀嚼した。

「そ、そんな感じ、です……」

可愛らしく微笑む雛子に、俺は震えた声で肯定する。

容姿端麗で気品に満ち溢れた雛子が、そのような俗っぽい行動をしてみせたことで、この場にいる全員が驚いた。

その時、コホンと天王寺さんが咳払いした。

「庶民の方は、時折、面白いものを思いつきますが……その三秒ルールとやらは、あまり好ましいものとは思えませんわね」

天王寺さんがカップをテーブルに置いてから言う。

「でも実際、三秒くらいなら問題ないかもって思っちゃう気持ちも分かるよね。アタシもそれ、機会があったらやってみようかな」

「衛生的な問題ではありません。はしたないですわ」

天王寺さんが窘める。旭さんもそれほど本気で言ったわけではなかったらしく、すぐに

「まあ確かに、はしたないよね」と返していた。

お茶会はその後も、滞りなく進んだ。

記念すべき一回目のお茶会は、これといった問題が起きることなく平和に終了した。

カフェから出た俺たちは、そのまま学院の門まで歩く。

門の前には黒塗りの車が幾つか待機していた。

「お待たせしました、お嬢様」

「もー、お嬢様は止めてって言ってるのに……」

旭さんが苦笑いしながら、使用人が運転する車に乗る。

少し遅れて大正も同じ車に乗った。

「……あれ？　大正君は旭さんと一緒なんですか？」

「ああ。俺と旭は家が近いし、昔からの付き合いだからな」

「アタシたちの家の使用人が、交替で送迎をしてくれているの」

俺と雛子の表向きの関係と同じように、旭さんと大正にも家の繋がりがあるらしい。

「それじゃあ、アタシたちはお先に失礼するね」

「今日は楽しかったぜ。また明日な」

二人を乗せた車が遠ざかる。

その傍では、天王寺さんの車も待機していた。

「では、わたくしもこれで失礼いたしますわ」

そう言って天王寺さんは軽く頭を下げた。

天王寺さんの傍にはスーツを纏った複数の使用人がいる。旭さんの使用人と違って、こちらはSPのようにさり気なく周囲を警戒していた。

「こ、此花雛子！」

「はい」

緊張しながら名を呼ぶ天王寺さんに対して、呼ばれた雛子はいつも通りの柔和な笑みを浮かべて応じた。

「あ、貴女とプライベートでお茶会をするのは初めてでしたが……その、存外、悪くありませんでしたわ！　つ、つつつ、次は、学業や家業についてなど、も、もう少し踏み込んだ話ができればいいですわね！」

「そうですね。機会があれば、是非お願いいたします」

ちゃっかり次回の約束を取り付ける天王寺さんだった。

嬉しそうに笑みを浮かべた天王寺さんは、すぐに気を引き締め、今度は俺の方を見る。

「コホン……それと、友成さん」

態とらしく咳をして、天王寺さんは言った。

「今日はちゃんと背筋を伸ばしていましたわね。やはりその方が魅力的ですわよ」

その言葉を聞いて、俺は一瞬、硬直した。

「あ、ありがとうございます」

まさか褒められるとは思っていなかったので、反応が遅れてしまう。

クスリと唇で弧を描いた天王寺さんは、踵を返して迎えの車に乗った。

「……随分と仲がいいではないか」

成香が呟く。

「社交辞令みたいなものだろ」

「いや、天王寺さんは実直な人だ。素直に賞賛と受け取ってもいいだろう。……編入三日目だというのに、天王寺さんから褒められるとは、見事なものだな」

そう告げる成香はどこか不満気だった。

天王寺さんと違って、成香は素直に賞賛してくれているわけではないらしい。

「お疲れ様です、お嬢様、伊月様」

その時、近くで黒塗りの車が二台停車し、中から現れた人物に声を掛けられた。

メイド服を着た静音さんが、俺たちの前に現れて一礼する。

「都島成香様ですね。私は此花家に仕える使用人の、鶴見静音と申します」

声を掛けられると思っていなかったらしい成香はビクリと肩を跳ね上げた。

「伊月様の境遇について、既にご本人から話はお聞きかと存じます。当家としても、伊月様のご実家は懇意にしている取引先ですので、この件に関しては他言無用としていただければ幸いです」

「あ、ああ……それについては伊月から説明を受けて納得している。吹聴するつもりはないから安心して欲しい」

「ありがとうございます」

静音さんは恭しく一礼した。どうやらこの件について改めて話をするために、静音さんはわざわざ俺たちの前に姿を現したらしい。

成香は俺が此花家で働いていることを知っている。だから俺と雛子が同じ車に乗って帰宅しても、成香なら訝しむことがない。

「成香の迎えは、まだ来ていないのか？」

「ああ。そろそろ来る筈だが……」

「……静音さん？」

と、言ったところで、成香が口を閉ざした。

成香がポケットからスマホを取り出し、耳元にあてる。着信があったらしい。

やがて成香は通話を終了し、小さく吐息を零した。

「何かあったのか？」

「ああ……どうやら道が渋滞しているようで、迎えの到着が少し遅れるようだ。幸い近くまでは来ているようだし、私はそちらまで向かうから、伊月たちは先に帰ってくれ」

先に帰れ――と、言われても。

先日、誘拐に巻き込まれた身としては、ここで成香を置いて帰るのは少々不安である。

「静音さん。俺、成香を送ってきます」

そう告げると、静音さんと成香が目を丸くした。

俺は成香の方を見る。

「車は近くまで来ているんだろ？　そこまで一緒に行こう」

「そ、それは、私としては嬉しいが……いいのか？」

静音さんの方に視線を向ける。静音さんはこちらの意図を察したように頷いた。

「承知いたしました。お嬢様の予定が立て込んでいるため、私たちは先に屋敷へ戻ります。代わりの迎えをすぐに用意いたしますので、伊月様はそちらをご利用ください」

そう言って静音さんは先に車へ乗った雛子を見る。

「お嬢様も、構いませんね？」

「ええ」

雛子は微笑みながら答えた。

「ありがとうございます」

俺は礼を述べ、成香を送っていくことにした。

車が学院から離れた辺りで、雛子は深く息を吐いた。

「つーかーれーたー……」

「お疲れ様です」

お嬢様の演技を止め、雛子は気怠げに溜息を吐く。そして後部座席で膝立ちになって振り返り、後ろの窓から景色を眺めた。

「むぅ……伊月が、他の人と一緒に……」

「嫌ならば、許可しなければよかったではありませんか」

「……引き留めて、よかったの？」

「失言でした。演技中のお嬢様が、あの状況で伊月さんを引き留めれば不自然ですね」

成香を送っていくという伊月の考えは紳士的だった。完璧なお嬢様が、それを自分本位な気持ちで妨げることはできない。

「ねえ、静音。……三秒ルールって、知ってる？」

雛子が得意気な笑みを浮かべて訊いた。

どうせ知らないだろうから教えてやろうと、内心で思っていたが――。

「ええ、知っていますが」

「……え」

「有名な迷信ゆえに、研究も盛んに行われています。当時アメリカの高校生だった女性が、イグノーベル賞を受賞した研究が有名ですね。もっとも、あちらは五秒ルールですが」

「……むぅ」

どう考えても自分より詳しかった。雛子はあからさまに拗ねた態度を取る。

そんな雛子に、静音は小さく笑みを浮かべた。

「本当に、伊月さんが来てから……お嬢様は変わりましたね」

「……そう？」

「今までも何度かお茶会には出席していましたが、それらは全て華厳様の指示に従った形でした。今回のように、自分からお茶会に出席したのは初めてではありませんか？」

「んー……確かに、そうかも」

どうでも良さそうな声音で雛子は言う。

そんな雛子へ、静音は心配そうな視線を注ぐ。

「お嬢様。……体調はどうですか？」

「……そろそろ、かも」

雛子は、気怠げに答えた。


「はぁぁぁぁ……」

雛子を乗せた車が離れていく。すると、成香が深く息を吐き出した。

「どうした？」

「いや、その……やっと、肩の力を抜くことができたから……」

どうやら緊張が解けて安堵しているらしい。

「人と話すのが苦手と言っていたが、普通に話せていたじゃないか」

「私個人の力ではない。色んな人たちに助けられたおかげで、なんとかボロを出さずに済んだというだけだ……」

まあ、それは確かにあるかもしれない。

特に旭さんや天王寺さんは、成香のことを気遣っていた。旭さんは成香が会話に交ざれるよう場を盛り上げてくれていたし、天王寺さんも成香にそれとなく質問を繰り出すことで、成香を会話の中心に引き込もうとしていた。

「伊月……本当にありがとう」

ふと、成香が改まった態度で礼を言う。

「伊月がいなければ、きっと私は卒業まで孤独だったと思う」

「……流石にそんなことはないだろ。俺はただ、少しだけ手助けしただけで」

「いや、自分のことだから分かる。今日は、私の人生を変える一日となる筈だ」

そう言って、成香は俺を見つめた。

「やはり、伊月は……私のヒーローだ。子供の頃は、私に外の世界を教えてくれて……今回は、私を孤独から救ってくれた」

いくらなんでも大袈裟だ。別に俺は、そんな大層なことをしているつもりはない。

「だからこそ…………ズルい」

成香が視線を下げて言った。

「ズルい。……ズルい、ズルい、ズルい！　此花さんはズルい‼」

「……まだ言ってるのか」

「ああ言うさ！　何度でも言ってやる！　だって、こんなの、あんまりだ！　せ、折角再会できたのに、なんでお前は此花さんの家にいるんだ！」

「そう言われても……親の都合としか」

「くぅぅ……っ！　ぎょ、行儀見習いと言っていたが、それ以外は何をしてるんだ!?　一応、仕事もしているんだろう!?」

「まあな。でも仕事と言っても、身の回りの世話程度だぞ」

「此花さんに身の回りの世話なんて必要ないだろう！　あの人は元から完璧じゃないか！」

完璧じゃないから困っているんだ。勿論、そんなことは言えないので押し黙る。

「……行儀見習いは、いつ終わるんだ？」

「それは、今のところ未定だが……」

「も、もし終わったら、私の家に来ないか？　ほら、伊月も懐かしいだろう!?」

確かに懐かしいが、俺は卒業まで此花家で雇われる予定であるため、難しいだろう。

「気が向けばな」

「社交辞令だ!?」

俺は天王寺さんではないので、社交辞令のひとつやふたつくらい言う。

「本日の稽古はこれで終了です。お疲れ様でした」

「お、お疲れ様でした……」

此花家の道場にて、俺は汗を垂らしながら言った。

お茶会があった日もレッスンは中止にならない。むしろいつもより内容が詰め込まれていたため、俺は疲労困憊となった。

「伊月ぃー。おっふろー……」

その時。道場の扉が開き、雛子が現れる。

「……もうそんな時間か」

時刻は午後十時。俺も汗を流したいので、風呂へ向かおうとするが――。

「お嬢様。少々、伊月さんと話したいことがありますので、先に部屋へ戻ってもらっても構いませんか？」

「ん……分かった。早くしてね」

静音さんの言葉に頷いた雛子が、道場を出る。

「話、ですか？」

「ええ。まあ、あまり時間を取るつもりはありません」

改まった様子で静音さんが言う。

「お嬢様を待たせたくはないので、詳しい説明は省きますが……近頃、お嬢様の体調が優れないため、伊月さんも念のため注意しておいてください」

「体調、ですか？　……お茶会の時は平然としていましたが」

もしかして無理をさせてしまったのだろうか。

「厳密には、近いうち、に体調を崩されるかと思います」

「……？」

言葉の意味が分からず、俺は首を傾げた。

「注意していただければ結構です。では、伊月さんはお嬢様の部屋へ向かってください」

そう言って静音さんは道場の掃除を始めた。

話の意図は分からなかったが、注意すればいいとのことなので気をつけておこう。

雛子の部屋に入り、脱衣所の水着に着替えてから風呂場に入る。

「あーー……伊月だぁー……」

「……お待たせ」

既にのぼせている雛子の傍に近づき、早速、髪を洗う。

「痒いところはございませんかー？」

「なっしんぐー……」

雛子の髪を洗うことが日課となったことで、俺は静音さんから髪の洗い方についても教えてもらっていた。掌に溜めたお湯で頭皮を温め、丁寧にシャンプーで洗う。その後はコンディショナーを手に取り、揉み込むように髪に浸透させる。

「……しかし、静音さんも凄いものを作ったな」

雛子の髪を洗いながら、俺は後ろへ振り返った。

そこには個室のシャワールームが設置されていた。風呂場の中に風呂場があるようなものである。静音さんが「水着を着たままでは身体を洗えないでしょう」と配慮してくれた結果、身体を洗うためだけの個室が用意されたのだ。

「雛子、そこにある桶を取ってもらってもいいか？」

「おけー……」

桶とOKをかけているのか……？

水で流されてしまったのか、湯船に落ちそうな桶を雛子に取ってもらう。

しかし雛子は途中で桶を落としてしまった。

カラン、と音が響く。

「……あ」

何かを思いついたような様子で、雛子がさっと桶を拾う。

「三秒ルール」

「……まあ、そうだけど」

どや顔で言う雛子に、俺はどう対応すればいいのか分からなかった。

「これ……面白い」

「そう言ってくれると、披露した甲斐もあった」

できれば人前ではしないで欲しいが。

「今日、私と別れた後……都島さんと、どんなことを話してたの……？」

「どんなことと言われても……普通にお茶会楽しかったな、とか。そのくらいだぞ」

「……ふぅん」

納得しているような、していないような素振りで雛子は相槌を打つ。

「伊月は……私のお世話係」

小さな声で、雛子が呟いた。

「………どこにも、いかないで」

「え？」

か細い声だったので、何を言っているのか聞こえなかった。

しかし、訊き返しても雛子は返事をしない。

雛子はゆっくりと身体をこちらに倒してきた。急に密着され、俺は動揺する。

「お、おい……風呂で寝たら風邪引くぞ」

軽く身体を揺らしながら言う。しかし雛子は何も言わない。

「雛子……？」

明らかに様子が変だ。

顔を見ると、雛子は汗を垂らし、苦しそうに吐息を漏らしていた。

「――雛子っ⁉」

雛子が風呂場で倒れた後、俺はすぐにその身体を部屋まで運び、静音さんを呼んだ。

最初はのぼせただけかと思ったが、それにしては息が荒くて苦しそうだった。雛子の身体を軽く拭いた後、静音さんに状態を確認してもらう。

「軽い発熱ですね」

ベッドに横たわる雛子を見つめながら、静音さんが言った。

「一先ず、お嬢様はこのまま部屋で寝かせておきましょう」

「……はい」

静音さんは既に看病するための道具を用意していた。

俺が部屋を出ている間に素早く雛子を寝巻に着替えさせた静音さんは、その後、錠剤を水と一緒に飲ませる。その手慣れた動作に、小さな違和感を覚えた。

「どうかしましたか？」

「いえ、その……落ち着いていますね」

「そうですね。定期的に起こることですから」

「定期的に……？」

疑問を抱く俺に、静音さんは説明する。

「お嬢様が倒れた理由は、日頃の演技によるものです」

俺は、その言葉の意味を暫く理解できなかった。

「演技によるストレスって……まさか、いつもやってるあの演技で？」

「はい。……あれほど、素の自分とかけ離れた人格を演じているんですよ？　ストレスを感じるのは当然でしょう」

静音さんが淡々と告げる。その言葉は俺の頭に衝撃を与えた。

確かに雛子は日頃から演技を徹底していた。けれど、家に帰ればすぐに元のだらしない様子に戻っていたし、本人も面倒臭そうにはしていたが辛そうには見えなかった。演技中は窮屈だろうとは思っていたが……倒れるほど負担があるとは想像すらしていなかった。

「ちょ、ちょっと待ってください。なんでそんなに、あっさりしているんですか。倒れるほどの負担なんですよ？　このまま見過ごしていいわけが……」

「倒れるといっても二、三日で治まる発熱です。それほど心配する必要はありません」

「いや、でも、こんな風に倒れるくらいなら、演技なんて止めた方が——」

「——身の程を弁えなさい」

静音さんが眦鋭く、俺を睨んだ。

「これは、此花家の総意です。個人の感情でどうにかできる話ではありませんし……当然お嬢様も承知の上です」

雛子も承知の上。その言葉が頭で反芻される。

雛子のためという大義名分が崩れる。本人は承知の上で倒れるほどの演技をしているのだ。なら俺は、誰に怒ればいい？　……この気持ちは何処に向ければいい？

「表舞台に立っている時のお嬢様は、演技に集中しています。その分、屋敷にいる時などは休憩のために気を抜いているのです。屋敷にいる時のお嬢様が怠けようとしているのは、演技による疲労が原因と言っても過言ではありません」

「……つまり、雛子は演技の反動で、人目がない時は気怠げになると？」

「そうなります。勿論、素の性格もありますが……演技をする必要がない休日は、いつもより元気になります」

何も知らなかった。雛子に、そんな事情があっただなんて。

「伊月さん。そろそろ就寝しないと、明日の授業に響きますよ」

「……雛子が倒れているのに、俺は学院に行くんですか？」

「当然です。伊月さんの学力を考慮すると、できるだけ欠席するべきではありません」

「でも俺は、雛子のお世話係で……」

「適材適所です。お嬢様が倒れた際の処置は、私が熟知しています」

そう言って、静音さんは真っ直ぐ俺を見据えた。

「看病に集中しますから、伊月さんは部屋へお戻りください」

「……そうですね」

翌日。俺は一人で貴皇学院へ通った。

「よお、友成！　昨日は楽しかったな！」

教室の席に座ると、大正が無邪気に声を掛けてくる。

大正と話していると、すぐに旭さんもやって来た。

「そう言えば今日は此花さん、来てないね」

「まあ……多分、いつものだろ」

旭さんと大正の会話を聞いて、俺は首を傾げた。

「いつもの？」

「ああ、友成は知らなかったな。此花さんは偶に学院を休むんだよ。なんでも、家業を手伝っているらしいぜ。……此花さんも大変だよな」

そう告げる大正に、俺は適当に相槌を打ちつつ、考えた。

――そういうことになっているのか。

雛子が定期的に倒れることは、クラスメイトたちには内緒になっているようだ。学院の関係者全員に事実が伏せられているのかもしれない。

でも、それじゃあ――誰も心配してくれないじゃないか。

ただでさえ、雛子は演技で本性を隠しているのに。

一体、誰が雛子の傍に寄り添える？

雛子が辛い時、近くにいて助けてやれるのは誰だ？

複雑な胸中のまま、学院は放課後を迎えた。

「お疲れ様です」

迎えに来た車に乗った俺へ、助手席に座る静音さんが声を掛ける。

雛子がいないため、広い後部座席を独り占めした。しかし、あまり気分はよくない。

「静音さん。雛子の体調は……？」

「まだ安静にしてもらっています」

つまり、まだ回復していないということだ。

「……どのくらいで治りそうですか？」

「そうですね……あの様子ですと、明日か明後日には治ると思います。幸い明日から休日ですから、月曜日までには回復するでしょう」

今日が金曜日でよかった。いや……違う。月曜日になると、雛子はまた学院に通わなくてはならない。つまり、演技をしなくてはならない。

何故、こんなことになっているのだろうか。

その答えを確実に知っている者の名が、脳裏を過ぎる。

「あの……華厳さんは、来ないんですか？」

問いかけると、助手席に座る静音さんは正面を見ながら答えた。

「華厳様は仕事中です。今は本邸にいます」

「でも、雛子が倒れているんですよ？」

「華厳様は此花グループのトップです。お嬢様が倒れたからといって、簡単に仕事を中断できる立場ではありません」

そんな風に、住む世界が違うことを強調されるのは……少しだけ卑怯だと思った。

こちらの常識が通じない。何を言っても的外れと諭される。

「じゃあ、雛子の母親は……？」

その問いに、静音さんは少し間を空けて答えた。

「……既に他界しております」

想定外の答えが返ってくる。思えば、雛子の母親に関する話は今まで一度もされなかった。既に他界しているのであれば話題にもなりにくい。

「…………そう、ですか」

また、知らないことだった。……当たり前だ。俺はお世話係になって日も浅い。知らないことが多いのは仕方ないだろう。

しかし――父親である華厳さんは訪れず、母親も既に他界している。

なら今、苦しんでいる雛子の傍にいてやれる人物は、どのくらいいるだろうか。

その一人に……俺がなることは、できないだろうか。

「……あの。今日の稽古、中止になりませんか？」

「なりません。伊月さんには、まだまだ学んでいただきたいことがあります」

「なら、いつもより早く終わらせてください。その分、俺が頑張りますから」

そう言うと、静音さんは僅かに目を丸くした。

「……畏まりました。それでは普段の1．5倍の速度でこなしましょう」

地獄のようなスケジュールになりそうだが、背に腹はかえられない。

屋敷に着いた後、静音さんは有言実行した。

予習、復習、マナー講習、護身術。全てをいつも以上の速度で終わらせた俺は、頭が痛くなるほど疲れていたが、代わりにいつもより二時間早く自由時間を迎えられた。

「本日の稽古はこれで終了です」

「あ、ありがとう、ございます。……雛子の部屋に行ってもいいですか？」

「構いません。後ほど私も向かいますので、看病をお願いします」

道場から出た俺は、まず自室で素早く汗を流し、それから雛子の部屋へ向かった。

雛子の部屋はオレンジ色の常夜灯が照らされているだけで薄暗かった。足元に注意して雛子が寝ているベッドに近づく。

「あ、伊月だぁ……」

ベッドで寝ていた雛子が、こちらの存在に気づいた。

「ごめん。起こしたか」

「平気……さっきから、ぼーっとしてるだけだから……」

静音さんの話によれば、今日は殆ど一日中寝ていたため、睡眠は足りているのだろう。

「いつ、き……ありがと……」

不意に、雛子が礼を言う。

「来てくれて……嬉しい……」

「……当たり前だろ。俺はお世話係なんだから」

「……えへー」

どこか不安気で寂しそうだった雛子が、安堵の笑みを浮かべる。

「何かして欲しいことがあったら言ってくれ」

そう言うと、雛子がこちらに身体を向けて口を開く。

「じゃあ……手を、ぎゅっとして……」

雛子はゆっくりと、自らの手を差し出した。

「お安い御用だ」

言われた通り、手を握ってやる。

とても小さな掌だ。学院では誰よりも気高く、誰よりも優れている雛子の手は——触れるだけで折れてしまいそうなほど、細くて、小さくて、儚げだった。

「……寝たか」

雛子は小さく寝息を零していた。

手を握ったまま辺りを見回す。これだけ大きな部屋に一人だけというのは、孤独感が増すかもしれない。体調を崩した時に、無性に寂しくなるのは良くある話だ。

だからこそ、誰かが傍にいて看病しなくてはいけない。

……俺でいいんだろうか。

そんな思いが頭を過ぎる。

雛子は俺が傍にいるだけで、本当に安心してくれているだろうか。お世話係といっても所詮は仕事。雛子が俺のことを、本心からどう思っているかは分からない。

代えのきく従者。都合の良い召使い。……流石にそこまで軽くは見られていないと信じたい。しかしただの従者には距離感が近く、男女の関係にしてはお互い冷静なままだ。居心地は悪くないが、この関係を不思議に思うことは何度かあった。

……今は考えても仕方ないことか。

少なくとも、信頼してくれていることは分かる。

なら今は、それに応えるだけでいい。

「雛子……大丈夫だからな」

雛子の額に、琥珀色の髪が汗でぺたりと張り付いていた。

髪を軽く横に払い、そのまま頭を撫でる。

「んぅ……」

すると雛子は、ふにゃりと笑みを浮かべた。

「…………………パパ…………」

その小さな寝言を聞いた時。

俺は、お世話係の役割を理解した。

──そうか。

雛子が俺のことをどう思っているのか分かった。

同時に、今までの不思議な距離感にも全て納得がいった。

──家族だ。

雛子はきっと、家族に飢えている。

今までのことを思い出した。膝枕したり、一緒に風呂に入ったり……きっと雛子は、俺に家族としての温かさを求めていたのだろう。

「……分かるぞ、その気持ち」

雛子の頭を撫でながら、俺は呟く。

「家族って……憧れるよな」

自分の家族を思い出す。俺の両親は、どちらもどうしようもない駄目人間だが……だからこそ、ふとした時の優しさはいつまでも記憶に刻まれていた。俺が怪我した時、手当してくれたこと。俺の誕生日にケーキを買ってくれたこと。夜逃げされたことは今でも恨んでいるが、それでも思い出が失われることはない。

此花家の令嬢である雛子は、今までも家族と距離のある生活をしてきたのだろう。母親は既に他界。父親である華厳さんは、常に本邸で仕事をしているため滅多に顔を合わせない。代わりにこの屋敷にいるのは大勢の使用人だが、いずれも華厳さんが雇った者たちだ。堅苦しい空気が好きではない雛子には合わなかったのだろう。

「伊月さん」

背後から声を掛けられる。振り返ると、そこには静音さんが佇んでいた。

「お嬢様の容体はどうですか？」

「……今、眠ったところです」

静音さんが、寝息を立てる雛子を見て小さく首を縦に振る。

「伊月さん。少し大事な話がありますので、一度部屋から出てもらってもいいですか？」

「分かりました」

真剣な表情で告げる静音さんに、俺は従うことにした。

しかし、立ち上がろうとしたところで、雛子が強く俺の手を握りしめた。

無言で静音さんと目を合わせる。

「……仕方ありません。この場でお話ししましょう」

「……お願いします」

小さな声で言う静音さんに、俺は複雑な表情で頷いた。

「話というのは、此花家の事情についてです。……以前、お嬢様が演技をする理由について、華厳様から伝えられた内容を覚えていますか？」

「確か、此花グループの景気が悪いので、少しでもいい嫁ぎ先を見つけるためですよね」

「その通りです。ですが、それはあくまで二番目の目的となります」

「二番目……？」

疑問を抱く俺に、静音さんは語り出す。

「お嬢様が演技をする最大の理由は、此花家に婿養子を迎えるためです」

嫁ぎ先ではなく婿養子。つまり、雛子の婿として此花家に男性を招く場合のことか。

「此花家には正当な跡取り息子がいます。華厳様の長男である此花琢磨様……お嬢様の兄にあたる人物です」

「兄……ですか」

「はい。ただ、お二人は歳が離れた兄妹で、殆ど面識がありません。琢磨様は、お嬢様が五歳の頃にここことは違う別邸に住み始めました」

どうやらその兄も、父と同様に雛子と距離があるようだ。

「そんな琢磨様ですが……予てより、此花グループの跡を継ぐに足る人物なのか、不信感を抱かれています。もし琢磨様が跡取りにならない場合、此花家の跡取りは、お嬢様の婿養子となるでしょう」

話が繋がった。婿養子を求める理由は、跡取り息子が欲しいからか。

「此花家は当主だけでなく、当主の奥方も仕事に関わります。つまり婿養子が跡取りに選ばれた場合、将来的にはお嬢様も此花家の仕事に深く関与します。お嬢様が日々演技をしているのは、こうした未来を想定してのことです。ゆくゆくは当主と共に此花グループを導かれるのですから、お嬢様は完璧で、他者から尊敬されるような人柄でなくてはなりません。もしお嬢様に悪評がつきまとえば、此花グループには軋轢が生まれることになるでしょう。その軋轢は社運を左右するほど広がり……多くの犠牲者を出す恐れがあります」

そう言って、静音さんは眠る雛子の顔を見た。

――此花雛子は普通の少女ではない。

総資産は凡そ三百兆円。この国に住む者ならば誰もが知っている財閥系――此花グループ。その令嬢である。

「ご理解いただけましたか。お嬢様が、何を背負っているのかを」

「……はい」

先日は、雛子がただ苦しんでいるという理由だけで、助けなくてはならないと思った。

きっとその考えは間違っていない。だがその前に雛子の境遇を理解するべきだった。

「俺は……何もしちゃいけないんでしょうか？」

「伊月さんがお嬢様の力になると言うのであれば、私にそれを止める権利はありません」

その返答に、俺は目を丸くした。

「でも、昨日は身の程を弁えろと……」

「ええ。ですから――身の程を弁えた上で、お嬢様を支えてください。それが、お世話係の役割です」

真っ直ぐ俺の顔を見据えて告げた静音さんは、踵を返して部屋を出た。

静かに閉じられるドアを見てから、俺は再び雛子に目を向ける。

「身の程を弁えた上で、雛子を支える……」

静音さんの言葉を、反芻する。

雛子が演技を止めるための条件は幾つかある。

まずは、雛子の兄である琢磨という人物が此花家の跡を継ぐことだ。こうなれば雛子は他家に嫁ぐため、此花グループの仕事に関与しない。

次に、婿養子が跡を継いだ場合でも、雛子が仕事に関与しなくてもいいような立場になること。そうすれば雛子の本性が露わになったところで、グループへの影響は少ない。

しかし、どちらも俺にはできないことだ。所詮、俺は雇われの身。此花グループの指針や伝統を覆すことなんて、できる筈がない。

それでも、俺は――。

「お世話係の役割……」

俺にもできることはある。それはお世話係として、雛子を支え続けることだ。

『お世話係の役割は、雛子の完璧なお嬢様という世間体を守ること。言い換えれば、雛子の本性が明るみに出ないよう陰ながらサポートすることだ』

華厳さんの言葉を思い出す。お世話係の役割は雛子の世間体を守ることだと、あの人は言っていたが――俺はそう思わない。

きっと、お世話係の本当の役割は……雛子の息抜きに付き合うことだ。
演技によって疲れた雛子を、できるだけ癒やす。
雛子が、素の自分のままでいられる相手となる。
それなら——俺にもできる。
「……やるか」
熱にうなされる雛子の姿が、幼い頃、親に看病してもらった自分と重なる。
俺の手を握りしめながら眠る雛子が、とても愛おしく見えた。
守りたいと思う。
優しくしてやりたいと思う。
優しくされなくちゃ駄目だと思う。
だって雛子は、こんな小さな身体で、とてつもなく大きなものを背負っているのだ。
誰かが優しくしなくちゃいけない。
雛子が疲労で倒れるというのであれば、その疲労を癒やせばいい。
そのためなら……家族としての温かさも与えてみせる。
「雛子………俺、頑張るからな」
小さな手を握りしめながら、そう誓った。

四章◆お世話係

雛子の体調不良は思ったよりも長引いた。

静音さんの想定では土曜日あたりに回復する筈だったが、雛子の熱が下がったのは日曜の午前中である。一応、その日は安静に過ごして、翌朝も熱が下がっているようなら学院に登校することとなった。

月曜日の朝。平熱まで回復した雛子は、怠そうな様子で学院へ向かう車に乗った。

「眠いのか？」

「んー……中途半端な時間に、寝ちゃったから」

隣で微睡む雛子を見ながら、俺は金曜日に決意したことを思い出す。

お世話係として、できるだけ雛子の負担を減らしたい。その気持ちに変化はなかった。

「……膝、貸して」

「はいはい」

こてり、と雛子は俺の膝に頭を置いた。

眠たそうにする雛子の頭を軽く撫でる。すると雛子は、少し目を丸くして驚いた。

「伊月……なんか変わった？」

「どうしてそう思ったんだ？」

「……いつもより、優しく感じる」

それならよかった。俺は肯定も否定もせずに、雛子の頭を撫で続ける。

「あったかい……」

いつもより快適そうな様子で、雛子は学院まで移動した。

助手席の方を一瞥する。静音さんは、そんな俺たちのことを無言で見守っていた。

教室にたどり着き、俺は席につく。

貴皇学院の生徒たちは月曜日の朝から活気に満ち溢れていた。規則正しい生活習慣をしているのだろう。以前、通っていた学校のクラスメイトたちとは大違いだ。

「よお、友成！」

「おはようございます、大正君」

鞄を机の横に吊るしていると、大正から声を掛けられる。

お茶会以降、大正との距離感が近づいたような気がした。静音さんには無理を言ってしまったが、やはりクラスメイトと交流を深めることは大事であると再認識させられる。

「此花さんも、おはよう！　金曜日は休んでたけど何してたの？」

「旭さん、おはようございます。金曜日は家の仕事を手伝っていました」

「そっかー、大変だね」

大正と他愛のない話をしながら、旭さんと雛子の会話に耳を傾けた。

雛子の欠席は、体調不良だとは全く思われていないらしい。それは演技を守るには正しいかもしれないが、やはり俺にとっては複雑な気分だった。


――昼休み。

いつも通りこっそりと教室を抜け出した俺は、雛子と二人で弁当を食べていた。

「雛子、もうちょっと大きく口を開けてくれ」

「んー……」

少しだけ大きめに口を開いた雛子へ、弁当のおかずを食べさせる。

以前と変わらず、俺は雛子に弁当を食べさせていた。

……この距離感だけは、家族からズレている気がする。

いや、もしかすると俺も幼い頃に、親と食べさせ合いくらいしたかもしれない。いずれにせよ、これが雛子にとっての息抜きならば、俺はそれにできる限り付き合おう。

「……む」

雛子が弁当を見て小さく声を漏らす。

「伊月……これ、あげる」

雛子が俺の口元に箸を向けた。

差し出されたのは、瑞々しいピーマンの欠片だった。

「……駄目だ。好き嫌いせずに、食べなさい」

「えー……」

雛子の命令に従うだけで息抜きができるなら、きっと俺以外のお世話係でも上手くやれていただろう。しかし、そうはならなかった。

雛子に必要なのは家族のような安心感だ。

身を委ねても構わないと思われるような接し方をしなくてはならない。

そのためには――雛子自身よりも、雛子のことを大切に思う必要がある。

「栄養が偏ったら、体調が悪くなるかもしれないだろ」

「……別に、体調が悪くなったら屋敷で寝るだけだし。むしろそっちの方が楽かも……」

「そう言うなよ」

そんな風に思って欲しくないから、俺は頑張ると決めたのだ。

「俺は、雛子が元気でいてくれた方が嬉しい」

そう言うと、雛子は視線を下げて箸を戻した。

「……食べる」

恐る恐る雛子がピーマンを口に含む。

眉間に皺を寄せながら、なんとか咀嚼しようとする雛子に、俺は思わず吹き出した。


放課後。雛子と共に屋敷へ戻った俺は、いつも通り静音さんの稽古を受けていた。

「ごちそうさまでした」

自室のテーブルで夕食を済ませた俺は、口元を拭いてから席を立つ。

この日はテーブルマナーの実践練習をしていた。叩き込まれた知識を総動員して、配膳された料理を全て食した俺を、傍にいる静音さんが冷静に採点する。

「まだまだ動きがぎこちないですが……最低限の知識だけはついたようですね」

「ありがとうございます」

「しかし、詰めが甘いですよ。席を立つ際は左側からと言った筈です」

「あ……すみません。忘れていました」

着席する際は覚えていた筈だ。しかし食事を済ませた段階で気が緩んでしまい、席を立つ際に右側から立ってしまった。

まだまだ勉強が足りない。雛子の傍にいるためにも、もっと頑張らないといけない。

「……そう言えば、雛子はいつも夕食をどうしているんですか？」

ふと俺は、気になったことを静音さんに訊いた。

「俺はいつも、自室でマナーを教わりながら食べていますが、雛子はどこで……誰と食べているんでしょうか」

「お嬢様は屋敷の食堂で夕食を済ませております」

簡潔に、静音さんは答える。

「……一人で、ですか？」

「はい。使用人が手伝うことはありますが、食事をするのはお嬢様のみとなっています」

薄々察していたことだが、やはり複雑な気持ちになる。

「あの……じゃあ、これからは俺が雛子と一緒に夕食をとることってできますか？」

「駄目でございます」

きっぱりと、拒否される。

「伊月さんはまだマナーの習得を終えていません。一通りマナーを身につけることができれば検討いたします」

「……はい」

マナーを習得することで雛子の傍にいられるなら、尚更、努力しなくてはならない。

「それと、伊月さん。明日の朝からはお嬢様を起こしてください」

「朝……俺が、ですか？」

「初日にも伝えた筈ですが、伊月さんの仕事はこれから段階的に増やしていきます。お世話係は最終的に、お嬢様の起床から就寝まで、全ての面倒を見る役職ですので」

「……分かりました」

静音さんの考えを聞いて、俺は頷いた。

翌朝。

此花家の朝は早い。午前六時に起床した俺は、学院の制服に着替えてすぐ部屋を出た。

まずは部屋の外で掃除を行う。扉の前、廊下、階段付近の汚れを丁寧に拭い、最後に使用した掃除用具を一階の中央に置いた。客人が使用人たちの生活空間を訪れることは滅多にないが、この空間が汚れていると使用人の制服に埃などが付着するかもしれない。汚れた服装で客人の前に立つのは極めて無礼であるため、掃除は徹底するよう言われていた。

今日は俺が掃除当番だ。非番の日はもう少し遅くまで寝ることができる。

午前七時。使用人たちが食堂に集まり、食事をしながらミーティングを開始する。

食堂に集まった使用人は、凡そ三十人だった。夜勤の担当や、休日の使用人はミーティングに参加していない。

「本日、予定の変更はありません。スケジュール通りに仕事をこなしていきましょう」

静音さんの言葉に使用人たちが「はい」と返事をする。

これは俺も此花家で働き始めてから知ったが、静音さんはメイド長という、此花家のメイドの中でも一番偉い立場らしい。此花家の使用人は、メイド長と執事長、二人の長を中心に動いている。

午前七時半。使用人たちが食事を済ませて持ち場に移動する。

俺も、雛子の部屋へと向かった。

「伊月さん、おはようございます」

雛子の部屋へ向かう途中、メイドの一人に声を掛けられる。

「おはようございます」

「お世話係の仕事、大変だと思いますが頑張ってくださいね」

「はい」

応援してくれたその女性は、ゆったりとした動作で踵を返した。

「……少しずつ、受け入れられているな」

お世話係になって一週間が経過した。この家の使用人たちにも顔が知れ渡（わた）っている。

雛子の部屋の前に辿（たど）り着いた俺は、そこで足を止めた。

「……普通（ふつう）に、起こせばいいんだよな」

冷静に考えれば、女性の起床を手伝ったことなんて一度もない。

しかし、静音さんは無茶（むちゃ）な指示を出さない人だ。今の俺にできると判断されたから、この仕事を与えられたのだと信じよう。

「失礼します」

ノックをして雛子の部屋に入る。

使用人は本来、主の部屋にはノックせずに入ることができるらしい。但（ただ）し此花家では新米の使用人に限り、ノックする決まりだそうだ。ＰＣなど家電の発達により、プライバシーの重要性が増した昨今、従来のルールを柔軟（じゅうなん）に変える必要があったそうだ。

部屋に入ると、雛子は天蓋（てんがい）付きのベッドの上で心地よさそうに寝（ね）ていた。

「雛子、朝だぞ」

「んぅ…………あと、三時間」

桁（けた）が違う。三分なら考えてやらなくもなかったが、三時間は待てない。

「起きないと学院に遅刻するぞ」

「……遅刻したい」

「駄目だ」

そんなことしたら今までの演技が無駄になる。

俺のせいで雛子の世間体が崩れてしまうと、お世話係を解任されてしまうだろう。それではは雛子の傍にいることができない。

「ほら、起きろ」

「むーぅー……」

遮光カーテンを左右に広げると、眩しい陽光が部屋に射し込んだ。

瞼を手の甲でこすりながら、雛子が上半身を起こす。

「あ、れ……いつきぃ……？」

「ああ。おはよう」

挨拶すると、雛子は暫くぼーっとして……再びベッドに倒れ込んだ。

何故、また寝る。

「………起こして」

両手を上に向けながら、雛子が言う。

起こして欲しいのか。……甘えてくる雛子に、俺は苦笑した。

「はいはい」

雛子の両手を引っ張って、身体を持ち上げる。

そのまま上半身を軽く抱きとめると、雛子は柔らかく微笑んだ。

「伊月……おはよ」

「おはよう」

改めて朝の挨拶を交わした俺は、ハンガーに掛けられた女子の制服を手に取った。

「着替えはここに置いておくぞ。俺はドアの外で待ってるから」

「……手伝って」

「……え？」

「着替え……手伝って」

雛子が「脱がせ」と言わんばかりに、両手を広げながら言う。

「いや、手伝うって……」

「はーやーく……」

俺の仕事は雛子を起こして食堂まで連れて行くことだ。その中には……着替えの手伝いも含まれていたのだろうか。

ゆっくりと、雛子のボタンを開ける。

シャツの隙間から雛子の肌が見えた。

「……っ」

刺激的な光景を目の当たりにして、動揺する。

雛子は無防備に瞼を閉じ、俺に身を委ねていた。

「落ち着け……落ち着け、俺」

自分に言い聞かせながら、俺は雛子の着替えを手伝った。シャツのボタンを全て開くと桃色の下着が見える。限界まで目を細くしながら、制服を着せた。

……雛子は俺のことを、そういう目では見ていない。

きっと雛子は俺に、信頼を注げる家族のような温かさを求めている。

期待に応えるためにも、余計な煩悩を取り払わねばならない。そう思った時——。

「伊月さん、いますか？」

「はいぃッ!?」

部屋の外から静音さんの声が聞こえた。

驚愕のあまり、変な声を出してしまう。

「言い忘れていましたが、お嬢様はよく寝ぼけて色んなことを仰います。例えば、着替えを手伝って欲しいなど口にする時もありますが……まさか男性である貴方が、真に受けてはいませんね？」

真に受けちゃいました!!

どうしましょう!!

謝るか？　今からでも助っ人として来てもらった方が……いや、もう手遅れだ。こんなところを静音さんに見られたら、俺の男としての人生が終わってしまう。

「ももも、勿論ですよ！　さ、流石にそのくらいの常識はあります！」

「そうですよね。失礼いたしました。盛りがついた猿でもあるまいし……伊月さんが直向きな性格をしていることは、ここ数日で理解しました。お嬢様同様、私も伊月さんを信頼させていただきます」

痛い痛い痛い痛い……信頼が痛い。

静音さん、なんでこんな時に限って褒めてくれるんですか。

「あの……雛子」

「なーにー……？」

「その……今日、俺が着替えを手伝ったということは、静音さんには内緒にしてもらってもいいでしょうか……？」

冷(ひ)や汗を垂らしながら頼(たの)むと、雛子は暫く考えてから答える。

「……これも日課にしてくれたら、いいよ」

「え」

「これから毎朝、よろしくねー……」

勘弁(かんべん)してくれ。心の中で、俺は叫(さけ)んだ。


「中間試験？」

そろそろ慣れ親しんできた貴皇学院の教室にて。

俺は自分の席に座(すわ)りながら、大正に訊き返した。

「おう。友成は編入してきたばかりだし、一応、言っておこうと思ってな。来週から中間試験が始まるんだよ」

「来週ですか……中間試験にしては随分(ずいぶん)と早いですね」

「うちは始業式も他の学校と比べて早いからな」

大正の言葉に納得(なっとく)する。

静音さんからは何も聞いていないが……どのみち俺は、毎日予習と復習を欠かさずに行っている。試験前だと聞いたところで、やることは同じだ。

「ちなみに、これが過去問だ。過去問は試験前になると、職員室の前で配られるから、欲しかったら友成も取りに行った方がいいぜ」

そう言って大正は俺に紙束を見せた。

その内容に一通り目を通した俺は……冷や汗を垂らす。

――ヤバいかもしれない。

殆ど解き方が分からない問題だ。静音さんから指導を受けているとは言え、来週の試験までに、この問題が解けるようになるだろうか。

今までも別に手を抜いてきたわけではないが、俺は猛烈に危機感を覚えた。


昼休み。いつも通り、俺は雛子と二人で弁当を食べていた。

「伊月……次、それ食べたい」

雛子が弁当箱を見ながら言う。

しかし俺は、考え事に集中して口を閉ざしていた。

「……伊月？」

「ん……ああ、悪い。ハンバーグだな」

黒毛和牛のハンバーグを箸で摘まみ、雛子の口元に持っていく。

「いひゅひ……ほうふぁひふぁ？」

「……ちゃんと飲み込んでから話しなさい」

何を言っているのか聞き取れない。

雛子は口に含んだ食べ物を、ゴクリと飲み込んでから再び口を開く。

「伊月……どうかした？」

俺の様子が変であると、雛子は感づいたらしい。

溜息(ためいき)交じりに答える。

「大したことじゃないが、中間試験が思ったより難しそうでな。少し気が滅入(めい)っていた」

本当は大したことである。なにせ点数が悪いとお世話係を解任されるかもしれない。

社会や経済学、英語は暗記で点数を上げられる科目だ。これらは時間を費やすことでなんとかなる可能性がある。しかし……暗記科目以外はお手上げだった。

「教えて、あげよっか……？」

「え？」

「私、こう見えても学年トップの成績…………どやぁ」

雛子は胸を張り、自慢気(じまんげ)に言った。

「……そう言えば、いつも教室で色んな人に勉強を教えていたな」

「ん。実力は、折り紙付き。……どややぁ」

雛子はここぞとばかりに得意気な顔をする。

演技をしていない素の雛子を知っている俺には、いまいち実感しにくいが、雛子は貴皇学院一の才女である。

雛子に信頼される人間になるべく努力しているつもりなのに、その雛子から手を借りなければならないとは……複雑な気分だが、背に腹はかえられない。

「頼んでいいか？」

「お任せあれー」

ご機嫌な雛子に、感謝の気持ちを込めて弁当のおかずを食べさせた。

食事を終えた俺は、教室に戻り、自分の席に腰を下ろす。

試験対策の目処が立ったことで安心していると、大正と旭さんが近づいてきた。

「友成君、聞いたよー。中間試験が不安なんだって？」

旭さんが言う。どうやら大正が伝えたらしい。

「はい。……参考までに、お二人に訊きたいんですが、旭さんたちは試験勉強で何か工夫していることはありますか？」

「うーん、工夫って言っても特にないかなぁ。強いて言うなら、いつもより勉強時間を増やすとか、そのくらいじゃない？」

「俺も旭と同じだな。予習の代わりに復習をやるとか」

貴皇学院の生徒たちは、放課後も習慣的に勉強している。別段変わったことをやらなくても、試験にはついていけるのだろう。

「逆に友成君は、前の学校でどんな風に勉強してきたの？」

「そうですね……偶に徹夜するとか、ですかね。あとは勉強会とか」

「勉強会？」

首を傾げる旭さんに、説明する。

「皆で集まって勉強するんですよ。一緒に勉強している人がいると自分も頑張ろうという気持ちになりますし、偶にそれぞれの得意分野を教え合って協力するんです」

協力と言っても、雑談が主になって勉強できない場合も多いが。

「それ、やってみればいいんじゃないか？」

「え？」

疑問を発する俺に、横から旭さんが楽しそうに言った。

「勉強会！　やってみようよ、面白そうじゃん！」

大正も旭さんも、何故かやたらと目を輝かせていた。

「お茶会の時と同じメンバーにしようぜ。成績が高い人も多かっただろ」

「いいね、それ！　アタシ早速誘ってみる！」

ただの雑談のつもりだったが、いつの間にか二人は完全に乗り気になっていた。

しかし……どうしよう。試験勉強は、雛子に教えてもらうつもりなんだが……。

「友成君、予定はいつ空いてるの？」

「いや、あの……まだ俺は、参加すると決めたわけじゃ」

「えー！　来ないの、友成君⁉　発案者じゃん！」

「そうだぜ！　友成が言ったんだから、幹事もやってくれよ！」

断りづらい空気だ。

まあ……勉強会もして、雛子にも教えてもらえばいいか。

「……分かりました」


放課後。恒例の稽古が終わった後、俺は静音さんに勉強会について話した。

「勉強会ですか？」

「はい。試験対策のため、お茶会と同じメンバーで一緒に勉強しようと思いまして……」

「前回のお茶会から、そう間を置いていませんが……それは本当に、集団で行う意義があるものですか？」

静音さんが鋭い視線を注いでくる。

「今回はあくまで学院の試験対策ですから、実際にその試験を何度も受けている人たちに教わるのも有意義かと思いました」

ただ、それだと雛子から勉強を教わるだけでいい。

どうしてお茶会の時と同じメンバーで勉強するのか。俺なりに、考えがある。

「それに、これは俺の勝手な考えですが……お茶会を通して知り合った人たちは皆、頼りになる人ばかりです。旭さんも大正も、天王寺さんも成香も、彼らとの人脈は貴重で、大切にしたいと思っています」

だから、できれば彼らとの行動は許可して欲しい。

そう暗に告げると、静音さんは小さく首を縦に振った。

「承知いたしました。私の方でも、明日から試験対策用のカリキュラムを実施する予定でしたが、そういうことでしたらスケジュールを調整いたしましょう」

淡々と告げる静音さんに俺は目を丸くした。

「すみません。用意してくれていたんですね」

「気にする必要はありません。私は所詮、外部の人間ですから。先程、伊月さんが言った通り、当事者である生徒たちの方が良い対策を考えられるでしょう」

とは言え、折角用意してもらった以上、活用しないと勿体ない。

勉強会と並行して、静音さんが用意してくれた試験対策もこなしていこう。

「本日の稽古はこれで終了です。お嬢様がお待ちしているので、早めに部屋へ向かってください」

静音さんに礼を言って、俺は道場を後にした。

お世話係の放課後は中々ハードなスケジュールだ。授業の予習、復習を終えた後は、夕食をとりながらテーブルマナーの講習が行われ、それからまた暫く勉強して、最後に護身術の稽古をつけられる。

稽古が終わると雛子の部屋へ向かい、一緒に風呂へ入る。

最初は厳しかったこのスケジュールにも、漸く慣れつつあった。

「……っと、その前に」

用事を思い出し、先に自室へ向かった。

忘れ物を手に入れた俺は、改めて雛子の部屋へ向かう。

「むぅ……」

先に風呂へ入っていた雛子と合流して、髪を洗う。

その間、雛子はずっと不満気に唸り声を零していた。

「……まだ不機嫌なのか」

「勉強、私が教える筈だったのに……むぅぅ……」

「その、勝手に決めたことは悪かった。でも別に勉強会をするからといって、雛子との勉強がなくなるわけじゃないし……」

「……私だけじゃ、不満？」

「いや、そういうわけじゃないが……」

中々機嫌が直らない。

そこで俺は、シャンプーを洗い流してから立ち上がった。

「……ちょっと待っていてくれ」

そう言って俺は一度脱衣所に戻り、あらかじめ用意していた物を取ってくる。

「静音さんには内緒だぞ」

保冷バッグから取り出したものを、雛子に渡した。

「これは……？」

「アイスだ。迎えの車に乗る前に、こっそり買っといた」

俺と雛子は別々の家に住んでいるという設定であるため、迎えの車に乗る際は、先に雛子が一人で乗車し、それから俺が人目のない合流地点まで移動して同じ車に乗る手筈となっている。今日の放課後、俺は合流地点へ到着するまでの間にこっそり保冷バッグとアイスを買っておき、鞄の中に隠して持ち帰ったのだ。金は学院へ通う際、静音さんから最低限の金額を渡されているので、それを使わせてもらった。

「雛子、風呂の中でアイスを食べたことはあるか？」

「ない、けど……」

「最高に美味いぞ」

自分用のアイスも買っているので、先に食べてみせる。

すると雛子も真似をして、湯船に浸かりながらアイスを口にした。

「うま……！　うまーー……っ！　うんまー……っ!!」

「だろ？」

目をキラキラと輝かせながら、雛子は感動する。

幸せそうなその表情を見て、俺も思わず笑みを浮かべた。

……なんとか機嫌を直してくれたか。

アイスは元々、雛子の息抜きのために用意した物だ。

お世話係である俺の目標は、雛子が倒れずに澄むような日々を作ることである。今まで定期的に倒れていたなら、きっと今まで通りの方法では上手くいかない。だから俺は俺なりに、色々挑戦してみるべきだと思っていた。

こういう小さな積み重ねが大切になる。そう思って準備していた道具が功を奏した。

「あ……」

アイスの欠片が床に落ちる。風呂場の床は温かく、アイスの欠片はすぐに液体と化したが……雛子は素早くその液体を掌で掬った。

「三秒ルール」

自慢気に言う雛子に、俺は顔を顰めた。

「いや、流石に液体は……やめとけ」

「……三秒ルール」

ルール適応外である。雛子は落ち込んだ様子で、液体を床に戻した。

「一応言っておくが、あんまり人前で三秒ルールはするなよ?」

「んー……気をつける」

話を聞いているのか良く分からない、曖昧な返事だった。

「伊月……勉強会、いつするの?」

「日程はまだ決めてないが、早い方がいいと思っている。明日か明後日か……」

「……私も行く」

　話の流れからして、多分そう言うだろうとは思っていた。

　しかし、お茶会の時と違って、今の俺には不安がある。

「聞きそびれていたが……もしかして以前、雛子が体調を崩したのは、お茶会に参加したからじゃないのか？」

　罪悪感を覚えながら、俺は続けて言う。

「だとしたら、今回の勉強会も雛子にとっては負担になると思う。多分、先に屋敷へ帰った方が、雛子にとっては楽だと思うぞ」

「んー……」

　俺の言葉に対し、雛子は考えながら答えた。

「別に……楽が、いいとは限らない」

　雛子が言う。言葉数は少ないが、俺は多分、雛子の考えを理解できた。

「……そうか」

　一人でいる間は楽かもしれないが、きっとそれは雛子にとって、必ずしも幸せと結びつくとは限らないのだろう。

　本音を言えば、俺も雛子にはなるべく色んな人と交流を深めて欲しいと思っていた。成香や天王寺さんの例を考えると、雛子にも仲の良い友人はいた方がいい気がする。

「それに、今は……伊月が傍にいない方が、嫌」

そう告げる雛子に、俺は苦笑する。

「じゃあ、一緒に参加するか」

「ん」

放課後。円形のテーブル席に集まった生徒たちの顔を確認しながら、俺は言った。

「それでは、勉強会を始めます」

「いえーい‼」

真っ先に楽しそうな声を上げたのは、旭さんだった。

勉強会のテンションではないが、その指摘は野暮な気もするので黙っておく。

俺たちは前回のお茶会で利用したカフェを再び訪れていた。テーブルを囲むメンバーも前回と変わらず、俺、旭さん、大正、雛子、成香、天王寺さんの六人である。

「しかし……改めて思うけど、豪華な面子だよな。学年のツートップが同席する勉強会とは、頼もしいぜ」

そんな大正の言葉に、俺は疑問を抱く。

「一位は此花さんだと思いますけど、二位は……？」

「……わたくしが、二位ですわ」

右隣に座る天王寺さんが不機嫌そうな声音で答えた。

天王寺さんは雛子に対抗心を抱いている。俺は小声で「すみません」と謝罪した。

「旭も成績は結構よかったよな？」

「まあね～。この中だと、確か都島さんも良かったんじゃない？」

「えっ⁉」

旭さんの問いかけに、成香は顔を引き攣らせた。

「わ、私は、体育と、歴史の成績がいいだけだ……」

「歴史？」

「都島家は、武士道精神を尊ぶ家系だからな。その関係で、歴史の勉強だけは子供の頃からさせられるんだ」

言いにくそうに成香が告げる。

「ただ、それ以外の科目は…………ほぼ赤点だ」

場が静まり返り、成香は恥ずかしそうに俯いた。

文武両道の雛子と違って、成香は武のみに特化している。

「ええっと、なんていうか……ごめんなさい」

「……いや、いいんだ。気にしないでくれ」

成香が悲しそうに言う。様々な誤解によって恐れられている成香だが、それ故に見逃されている欠点も多々あった。旭さんと大正も、お茶会の頃はまだ成香を尊敬の眼差しで見ていたが、今は親しみを込めた目で見守っている。

「これは……気合を入れなくては駄目なようですわね」

天王寺さんが難しい顔で呟き、俺の顔を見る。

「友成さん。勉強会の進行について、何か考えてはいますの？」

「いえ……ただ集まって勉強するだけのつもりでしたので」

「では、教える側と教えられる側で分かれてみてはどうでしょう。その方が効率的に進む筈ですわ。……わたくしと此花さん、旭さんが教える側に回ります」

つまり、教えられる側は俺と大正と成香の三人ということになる。

「友成さんは、どの科目が苦手なんですの？」

「暗記科目以外です。……特に数学が厳しいと思います」

苦手科目を正直に打ち明ける。すると、左隣に座る雛子が反応を示した。

「よろしければ私が――」

「――なら、わたくしが友成さんの勉強を手伝いますわ。数学なら得意ですので」

雛子が何かを言いかけたが、天王寺さんの良く通る声がそれを掻き消した。

瞬間、雛子の笑みが固まる。

「じゃあ、都島さんはアタシが教えようか？　アタシ、得意な科目がない代わりに苦手な科目もないから、平均点を上げる協力ならできると思うよ」

「お、お願いするっ！」

成香が硬い声音で返事をする。

「な、なら俺は、此花さんと……？」

「……はい。よろしくお願いしますね、大正君」

「こ、こちらこそ!!」

大正が緊張しながらも、明らかに喜ぶ。

一方、雛子は優しく微笑みながら――俺の足を力強く踏んでいた。

痛い痛い痛い痛い……。

そう言えば雛子は昨日から俺と一緒に勉強したがっていた。だから今、俺と一緒に勉強するのが自分ではなく天王寺さんになってしまったことで、機嫌を悪くしたのだろう。

別に俺と雛子は、屋敷に帰ってからでも一緒に勉強できるのに……痛い痛い痛い、踵でグリグリするのは止めてくれ。

「では、早速始めましょうか」

天王寺さんの一言で、各自、勉強を始めた。


マンツーマンで勉強を始めてから、二時間後。

前の高校では、勉強会を開いたところで三十分もすれば雑談だらけになっていたが、貴皇学院の生徒たちは黙々と勉強に集中していた。育ちが違うとはまさにこういうことを言うのだろう。試験に対して本気で危機感を覚えていた俺にとっては、ありがたい環境だ。

「大丈夫、都島さん？　ちょっと休憩しよっか？」

「あ、ああ……頼む。正直、もう頭がパンクしそうだ……」

成香が頭を抱えて弱音を吐く。

「大正君。私たちも少し休憩しましょう」

「は、ひゃいっ!!」

未だに緊張したままの大正が、雛子の提案に上擦った声で返事をした。

「わたくしたちも、一度休憩にしますか？」

数学の勉強を教えてくれる天王寺さんが、提案してくる。

しかし俺は、手元のノートから目を逸らさずに答えた。

「……いや、もう少しだけお願いします」

天王寺さんのおかげで、今まで理解できていなかった部分がスラスラと解けるようになっていた。楽しい……と思えるほど勉強が好きなわけではないが、自分の成長を実感できてやり甲斐を感じている瞬間である。もう少しだけ勉強を続けたい。

「……友成君って、真面目だよね」

ふと、旭さんが俺を見つめながら言った。

「あ、いや、別に茶化しているわけじゃなくてさ。なんていうか、真剣っていうか」

「そうですわね。上昇志向があるのは好感が持てますわ」

天王寺さんが同意を示す。

「この勉強会も、企画したのは友成さんなのでしょう？　友成さんは、人の上に立つ自覚は足りていませんが……一方で人を支えたり、背中を押すことには長けていますわね」

人の上に立つ気はないので、その指摘は聞き流そうと思っていたが……後半の賞賛を聞いて、俺は少し驚いた。

「なんですの、その目は？」

「いや、随分と具体的に褒められたので、嬉しいというか、驚いたというか……」

「あら、わたくしの人を見る目は確かでしてよ。現にわたくしの使用人は皆、わたくし自身が選びましたから」

得意気に天王寺さんが言う。

「天王寺さんの使用人って、結構、屈強な人が多いよね」

「外出時はボディーガードとしての役割が主ですから。家ではまた違う使用人を傍に置いていますわ」

此花家の使用人は基本的に華厳さんが雇っているが、天王寺家では、娘の天王寺さんにも従者を選ぶ権利があるようだ。

「じゃあ、そんな天王寺さんの目に適った友成君は、将来有望ってことだね」

「そうですわね。同級生を使用人として見るのは些か失礼な気もしますが……本人にその気があるなら、スカウトを検討するくらいには有望だと思いますわ」

「天王寺家の使用人なら条件も悪くないよね～。……友成君、これは考え物だよ？」

旭さんが楽しそうに言ってくる。

しかし、その時、殺気を込めた視線が向けられた。

雛子と成香が、眦鋭くこちらを睨んでいる。

「……ま、まあ、俺にその気はありませんので」

「あら、それは残念ですわ」

天王寺さんも勿論、冗談で言っていたため、それほど残念そうな口調ではなかった。

「……やはり、わたくしたちも休憩にしましょう。集中力にも限界がありますし、休んだ方が頭も回るようになりますわ」

「……それもそうですね」

どのみち屋敷に戻ってからも勉強はする予定だ。

ここで体力を使い切らないよう、調整しなくてはならない。

「お、友成。どこ行くんだ？」

「折角、休憩を貰いましたし……身体を解したいので、少し散歩してきます」

そう大正に伝えて、俺はカフェを出た。

ストレッチでもして気分転換をしたかったが、目立つ場所でそれをするのは抵抗があったため、人気の少ない校舎裏に移動した。貴皇学院は普段人目につかない校舎裏も掃除が行き届いている。外の風にあたりながら、俺はゆっくりとストレッチを始めた。

「……恵まれてる、よな」

勉強会のメンバーを思い出す。

雛子に、成香に、大正に、旭さんに、天王寺さん。……前の高校にも友人はいたが、今の人間関係も悪くない。皆、親切で、頼もしい友人ばかりだ。

お世話係なんて、最初は難しそうで荷が重いと思っていたが、いつの間にか今の状況に居心地のよさを感じている。雛子を支えたいという気持ちもあるが、純粋に今の環境を守り抜きたいという気持ちもあった。

——頑張って勉強しよう。

そう決意した時、ふと背後から足音が聞こえた。

「友成さん」

名を呼ばれて振り返る。そこには天王寺さんがいた。

「あれ？　天王寺さんも散歩ですか？」

「ええ。わたくしも、少し身体を解そうかと」

そうなんですね、と俺が相槌を打つよりも早く、

「——というのは建前ですわ」

天王寺さんは告げた。

「少々、友成さんに訊きたいことがありますの」

「訊きたいこと……？」

心当たりがなくて不思議に思う俺に、天王寺さんは口を開く。

「友成さん。貴方、本当に中堅企業の跡取り息子ですの？」

その問いは、俺の心臓を鷲掴みにした。

リラックスしていた気分が霧散する。全身から冷や汗が止めどなく流れた。

——バレた？

何故？　どうして？　何処からか情報が漏洩したのか？

——落ち着け。

動揺を押し殺し、できるだけ冷静な態度を装う。

「……どうして、そう思ったんですか？」

質問の意図が見えない。天王寺さんは、俺の身分が偽造されていると確信しているのだろうか？　……だとすると今更、俺が何かをしても手遅れだ。

「テーブルマナーですわ」

簡潔に、天王寺さんは言った。

「……マナーが、拙かったということでしょうか」

「いえ、多少拙い点はありましたが、一通りはできていました。しかし、わたくしの目にはそれが……付け焼き刃のように映りました」

天王寺さんは、俺を観察するような目つきで言う。

「貴方の一挙手一投足には、どこか違和感があります。貴方のマナーは……まるで知識だけを詰め込んだかのような、小手先のものに見えました。少なくとも、跡取り息子として幼い頃から教育を受けている者の動きではありません」

先程、自分の人を見る目は確かだと告げていた天王寺さんのことを思い出す。それは静音さんにすら指摘されなかったことだ。当然、俺にも自覚はない。

「別に、責めているわけではありませんわ」

沈黙する俺に、天王寺さんは少し落ち着いた様子で告げた。

「ただ少し気になっただけです。友成さんは編入生ですから、きっと今までマナーを習得する必要がなかったのでしょう。そう考えれば辻褄も合います。しかし……それにしては、で、できすぎているいると思いましたので」

「……できすぎている？」

「知識だけが異様に先行しているということですわ。貴方、ここ数日で相当な努力をしているでしょう？」

口調こそ質問だが、天王寺さんは明らかに確信を持った態度だった。

「友成さんが何故そこまで努力するのか。その答えが、貴方の身分にあるのではないかと考えただけです。……語りたくないのであれば、わたくしもこれ以上、詮索しません」

詮索しない。その配慮は俺にとってはありがたいものだったが、同時に疑問も抱く。

「……怪しいとは、思わないんですか？」

恐る恐る尋ねる俺に、天王寺さんは優しく微笑みながら答える。

「この学院に怪しい生徒が在籍することはできませんわ。友成さんも、編入時には学院側から身辺調査をされた筈です」

そう言えば、成香も学院に入る際は身辺調査が行われると言っていた。

しかし、それならどうして天王寺さんはこんな話題を口にしたのだろうか。

「……単純に、好奇心で訊いただけのことですわ」

こちらの心境を見透かしてか、天王寺さんは言う。

「もしかしたら、貴方も…………」

とても小さな声で、天王寺さんが何かを呟いた。

何も聞こえず首を傾げる俺に、天王寺さんは気を取り直した様子で俺を見据える。

「何でもありませんわ。……そろそろ戻りましょう」

「……そうですね」

天王寺さんと共にカフェへ戻ると、旭さんたちが楽しそうに談笑していた。

「盛り上がっていますわね」

天王寺さんが、自分の席に座りながら声を掛ける。

「あ、天王寺さん。今、此花さんの家で行われるお茶会について話してたの」

「お茶会？　……ああ、毎年春頃に行われる、此花家主催の社交界のことですの？」

「流石、天王寺さんは知ってるんだね」

「まあ有名ですからね。確か開催は、中間試験の翌週辺りでしたか。……多くの著名人が参加する、大規模な社交界と聞いていますわ」

どうやら此花家が主催する社交界が近々あるらしい。俺は全く知らなかった。

「天王寺さんは参加したことあるの？」

「父が何度か参加していましたが、わたくしはありません。あの社交界は大人向けのものですし、それに……天王寺家と此花家は、デリケートな関係ですから」

「あ……」

旭さんが天王寺さんの心境を察する。

「仲が悪いわけではありませんわ。ただ、腹の探り合いは性に合いませんので、今までは辞退していました」

場の空気が悪くなるよりも早く、天王寺さんは堂々と告げた。庶民である俺に、腹の探り合いというものはよく分からないが、俺以外の皆はなんとなく納得している。

「都島さんは、参加したことありますの？」

「い、いや、その、招待状は来ていると思うが……私は、社交界が苦手だから……」

　天王寺さんの質問に、成香は言いにくそうに答えた。

「やっぱり天王寺さんや都島さんの家には招待状も来てるんだね。……いいなー。此花家が主催するくらいの大きな社交界ならダンスとかもやるんでしょ？　アタシ、ドレス着るの好きだから、そういう社交界とかあれば積極的に参加してるんだよね」

　羨ましそうに旭さんが言う。

　すると雛子が柔らかく微笑んで、

「旭さん。よろしければ招待状を送りましょうか？」

「え、いいの⁉」

「はい。天王寺さんが仰ったように、大人向けの社交界と認識はされていますが、主催者側にそういった意図はございませんので、お気軽にご参加ください。ダンスパーティーもありますし、同世代の参加者も何人かいますよ」

「ど、どうしよっかな……いざ参加ＯＫって言われると、ちょっと緊張してきた。でも多分、貴重な機会だろうし……も、貰ってもいいかな？　招待状」

「ええ。三日以内には届くよう手配します」

「よーし……それじゃあ当日は張り切ってお洒落するから！　よろしくね、此花さん！」

「はい」

雛子はあっさりと招待を約束する。

俺はそんな雛子へ、こっそりと耳打ちして訊いた。

「……いいのか？　そんな勝手に決めて」

「ん。……この社交界は此花家の権威を示すものだから、招待する機会があるならしてもいいって言われた。……今までしたことないけど」

したことないのかよ。

しかし、貴皇学院の生徒たちは皆、富豪の子女だ。彼らを招待して此花家が損をすることはないだろう。

「こ、此花さん！　それって、俺も参加できるのか？」

「はい。大正君にも招待状を送りますね」

大正が興奮した様子を見せる。

「……これも何かの縁ですわね」

天王寺さんが呟く。

「此花さん、今回はわたくしも参加させていただきますわ。……こうして、お茶会や勉強会で同じテーブルを囲んだわけですし、今なら天王寺家の娘としてではなく、一人の友人として招待を受けられそうです」

天王寺さんが笑みを浮かべて言う。

「友成さんも、参加しますか？」

「えーっと、俺は……」

天王寺さんに訊かれ、俺は雛子を一瞥した。

雛子が柔らかく微笑む。お世話係として、こうして一緒に学院へ通っているのだ。社交界への参加くらい認められてもおかしくない気もするが……。

「……そうですね。折角なので、参加させてもらおうかと」

確約はできないというニュアンスをそれとなく伝える。

「……都島さんは、どうします？」

「わ、私か⁉」

成香に訊くと、大きく肩を跳ね上げて驚かれた。

「私は、その……行けたら、行く」

定番の社交辞令に、成香以外の全員が困ったような顔をした。

まあ無理に誘ってても迷惑だろうし、この話はここまでにしておこう。

その後も勉強会は続き――数日後、貴皇学院の中間試験が始まった。

貴皇学院の中間試験は、俺が以前通っていた高校とは少し異なる仕組みだった。一科目の試験時間は九十分。単純に問題数が多いため、それだけ時間も長くなっている。加えて経済学など他の高校にはない科目も追加されていた。

中間試験は三日間かけて行われた。

最終日、最後の試験が終了したことで……漸く、俺は息を抜くことができた。

「……なんとか、終わったか」

試験終了のチャイムが鳴り響くと同時に、俺は安堵の息を吐いた。

今日は授業がないため、生徒たちは疲れた様子で下校した。

雛子の方を一瞥する。雛子はクラスメイトたちに囲まれて、試験の手応えについて談笑していた。まだ少し時間が掛かりそうなので、俺は一人でトイレに向かう。

トイレを済まして教室へ戻ろうとすると、見知った人物と遭遇した。

「成香？」

「……伊月か」

覚束無い足取りで廊下を歩いていた成香が、こちらへ振り向く。

その目は光を失っていた。

「ははっ、終わったな。…………テストと私が」

「……駄目だったか」

勉強会の時から薄々察してはいたが、どうやら成香は勉強がかなり苦手らしい。体育と歴史の科目以外は、人並み以下のようだ。

「伊月はどうだった？」

「……少なくとも、赤点は免れたと思う」

「ふっ、そうだろうな。どうせそんなことだろうと思っていた。……何故ならお前は、裏切り者だからな」

「裏切り者って……」

「私から離れて此花さんの家で働くし、成績もあっという間に私を追い越すし……やはり伊月は私の恩人だな。私が如何に駄目な人間か、思い知らせてくれる。……ひょっとして伊月は私のことが嫌いなのか？」

「いや、そんなことはないが……」

「……………………つらい」

シンプルな弱音だった。

溢れ出る負のオーラにこれ以上巻き込まれたくない俺は、速やかに踵を返す。

「じゃ、じゃあ俺は、これで……また明日」

「明日かぁ……休みたいなぁ……」

雛子みたいなことを言うな。

遠い目で窓の外を眺める成香と別れ、俺は教室へ戻る。

丁度、雛子もクラスメイトとの談笑が終わったようで、下校の準備をしていた。

いつも通り雛子が車に乗ってから、俺も合流地点で乗車する。

「試験、お疲れ様でした」

車に乗ると、静音さんに声を掛けられた。

「手応えはどうでしたか？」

「おかげさまで、それなりに解くことはできました」

「それなり、というのがどの程度かは分かりませんが……前日の模擬試験の結果から考えると、そう悪い点数ではないでしょう。ひたすら勉強した甲斐がありましたね」

「……ありがとうございます」

静音さんに褒められたことで、漸く試験が終わった実感を持つことができた。

――なんとか、凌げたか。

一難去った。けれど油断はできない。今後も勉強は続けよう。

車は此花家の屋敷へと向かう。流石に今日は俺も疲れていたため、会話は少なかった。

「そう言えば、お嬢様。明後日の土曜日、華厳様と共に会食へ出席してもらうことになりました」

助手席から静音さんの声が聞こえる。

「お相手は近本造船の社長およびシー・ジャパン・ユナイテッドの役員数名です。どちらも造船会社で、近本造船の方が此花グループ傘下の企業と提携しています。シー・ジャパン・ユナイテッドは近本造船と資本業務提携しているので、その繋がりで出席することになったようです」

書類に目を通しながら、静音さんは続けて説明した。

「お嬢様は七歳の頃、社交界にて近本造船の社長にご挨拶しております。会食の約束を取り付ける際、先方が成長したお嬢様の姿を一目見たいと仰ったため、お嬢様の出席が決定したとのことです。くれぐれも粗相がないよう、お願いいたします」

「んー………めんどい」

「お願いいたします」

この手のやり取りは慣れているのか、静音さんは動じることなく告げた。

右隣に座る雛子が唇を尖らせる。

「それと、伊月さん」

「はい」

「当日は伊月さんにも会場の近くまで来てもらいます」

「はい？」

　想定外の言葉に、俺は首を傾げた。

「今後、伊月さんも社交界に出席する機会があるでしょうから、今のうちからそういう空気に慣れておいて損はありません。会食は屋外で行われるようなので、当日は此花家の使用人として遠くから観察してみてください」

「……分かりました」


　土曜日。雛子が華厳さんと会食に出席するこの日、俺は使用人として同行するべく、静音さんに渡された服装に着替えていた。

「スーツ、ですか」

着こなしを静音さんにチェックしてもらいながら、呟く。

「気に入りませんか？」

「いえ、そういうわけではありませんが……着慣れないので」

バイトの制服と違って少し窮屈感のある服装だ。しかし姿見に映る自分の格好は、いつもの学生服姿と比べると格好良く見える。髪型を整えているというのもあるが、やはりスーツが上質だからそう映るのだろう。

「ちなみにそのスーツ、イタリア最高峰のブランドもので、七十万円します」

「えっ」

「丁重に取り扱ってください」

想像以上に高級品だった。

汚れひとつ、つけてはならない。そんな使命感と共に、俺は静音さんと屋敷を出る。

車で移動すること約一時間。俺たちは目的地であるペンションへと到着した。

「こちらが会場です」

「静音さん。ここも此花家の別邸ですか？」

「別邸というより別荘ですね。こちらは主にイベント等で使用されます」

目の前にはとても大きくて、手入れの行き届いた西洋風の家屋が鎮座していた。フロントは一流ホテル顔負けの豪奢な内装で、建物の傍には広々としたゴルフ場もある。

「では、お嬢様はフロントへ向かってください。私たちは外で待機していますので」

「……ん」

会食用の清楚な服装に身を包んだ雛子が、小さく首を縦に振る。

ここからは雛子と別行動だ。

「……伊月」

「なんだ？」

「私……これから、知らないおじさんに会ってくる」

「犯罪っぽく聞こえるからやめろ」

立場上、反応に困るボケだった。

これで話は終わりかと思いきや……雛子は、まだ俺の傍にいた。

「……伊月」

「今度はなんだ？」

「……頑張ってくるね」

どこか期待するような瞳で、雛子は俺を見つめながら言った。

最初から素直に、そう言えばいいものの……。

「ああ、応援してる。これが終わったら、一緒に屋敷でのんびりしよう」

そう言うと、雛子は静かに微笑んだ。

「……ん。またアイス、食べたい」

そう言って雛子は華厳さんのもとへ向かう。

その背中が五メートルほど遠ざかった後、

「……アイス？」

静音さんが、ポツリと呟いた。

「伊月さん、アイスとは？」

「……」

注がれる冷たい視線に、俺は顔を逸らした。

雛子、お前……ッ!!


伊月たちと別れた雛子は、一人で別荘のフロントに入った。

父である華厳の姿はすぐに見つかる。伊月と同じくその服装は黒いスーツだったが、こちらは最高峰のブランドである上にオーダーメイドである。

此花家の使用人は家の品格を損なわないためにも、高価な制服を着用することが義務づけられているが、同時に当主を立てるために、当主より高価な衣服は身につけてはならないという決まりもあった。伊月のスーツは凡そ七十万円の既製品だが、華厳のスーツは百万円を超える非常に高価なものだ。

「久しぶりだな、雛子」

「ん……おひさ」

父の言葉に、雛子は素の状態で返事をする。

「試験はどうだった」

「……問題なし」

「ならいい。今後も此花家の娘として、恥じない成績を保ちなさい」

喜怒哀楽のない、まるで業務連絡をするかのように華厳は告げた。

「伊月君はどうだ。お世話係になってから、そろそろ一ヶ月経つが……」

「……最高」

少し楽しそうに雛子が答えると、華厳は目を丸くした。

「珍しいな。雛子がお世話係をそこまで褒めるとは」

「……伊月とは、これからも一緒にいたい」

「そうか。此花家と何の関係もない一般人を雇うのは、実験的な試みだったが……うまく噛み合ったようで何よりだ」

華厳は笑みを浮かべることなく、まるで実験の成功を確かめた研究者のように淡々と告げた。それから、目だけを動かし雛子を見る。

「余計な影響は受けていないな?」

「……余計?」

「雛子の性格と噛み合っているとは言え、伊月君は一般人だ。彼に釣られて、俗世に染まる必要はない」

いまいちその言葉の意味が理解できず、雛子は不思議そうな顔をした。

「そろそろ移動しよう。雛子、くれぐれも粗相がないように」

真剣な面持ちで華厳が釘を刺す。

次の瞬間、雛子はすぐに仮面を被った。

「はい、お父様」

「……いい子だ」

令嬢の中の令嬢として。貴皇学院で一番の才女として、雛子は演技を始める。

数分後、別荘の前に車が停まり、会食に参加する客が到着した。

「遠路はるばるお越しいただき、ありがとうございます」

「ははは、好きで来ているのですから、そう言わないでください。本日は無礼講と聞いていますよ」

粛々と来賓を迎える華厳に対して、訪れた男たちは砕けた空気を醸し出していた。

客は五人。そのうちの二人が近本造船の役員であり、残り三人はシー・ジャパン・ユナイテッドの役員だ。いずれも華厳より年上に見える。家柄はこの中でも此花家が群を抜いて高い筈だが、彼らに余裕があるのは歳の差や経験があるからだろう。

「やあ、久しぶり。私のことは覚えているかな？」

近本造船の社長が雛子に声を掛ける。

「はい。私が七歳の頃、社交界にてご挨拶させていただきました」

「いやぁ、もう随分と前の話だが、覚えていてくれてありがとう。以前と変わらず礼儀正しい子だ」

近本造船の社長は、感心した様子で言う。

「ほぉ、こちらが此花さんの娘さんで？」

「ええ。雛子と言います」

華厳の紹介に、雛子は恭しくお辞儀した。

「噂は聞いているよ。私の知人が子供を貴皇学院に通わせていてね。その伝手から聞いた話によると、君は学院で完璧なお嬢様と呼ばれているそうじゃないか」

「恐縮です」

雛子は礼儀正しく頭を下げる。

「成績も優秀で、将来有望なようだね。……このような評判の高い娘さんがいて、此花さんも鼻が高いでしょう」

「ええ。我が娘ながら、ここまで真っ直ぐ育ってくれて感謝しております」

華厳はそう言って、客人たちの顔ぶれをざっと見回した。

「立ちながらの話も疲れるでしょうし、会場へ移動しましょう。近本さんのご希望で屋外にテーブルを用意していますが、よろしかったでしょうか」

「ああ。折角のいい天気なんだ。重大な会議をするわけでもないし、風にあたりながらのんびりと話しましょう」


雛子たちの会食を、俺は静音さんと共に眺めていた。

「伊月さん、どうですか？　会食の風景は」

「そうですね……」

静音さんの問いに、俺は視線を動かすことなく答える。

「なんていうか、マナーがとてもさり気ないですね。ひとつひとつの動きが自然で……だけど、ちゃんと気を遣っていることが分かるというか……」

「それが正しいマナーです」

静音さんは言う。

「誰も息苦しく感じない程度には自然に、しかし各々が礼儀を示していることが分かる程度には厳かに。一見、形だけのものに見えるかもしれませんが、共通のルールを互いに遵守することで生まれる協調意識は、より強固な信頼関係を築きます」

「信頼関係、ですか……」

「昨今は蔑ろにされがちなマナーですが、それを必要とする場面も多々あります。特に上流階級には必要な作法です。……マナーは、言葉ではなく態度で信頼を得るためのものですから。本音を言えない立場だからこそ、必要なものとなります」

難しい話だ。庶民の俺には実感できないこともある。

「……だからこそ、それを破ることは大変な無礼となります」

そう言って、静音さんは唇を引き結んだ。

俺も口を閉ざして雛子や華厳さんたちの会食を観察する。

会食は、今のところ順調のように見えた。

「ほぉ、家に帰ってからも勉強をしているのか」

「はい。と言っても、勉強ばかりしているわけではありませんが」

雛子は、ナイフで細かく切った野菜を口に含み飲み込んだ後、役員たちと会話していた。彼らの雛子に向けた視線は、最初こそ愛娘を見守る温かいものだったが、次第に感心の色を込め始める。容姿端麗な上、礼儀作法を完璧にこなす雛子は、まさしく完璧なお嬢様という呼び名に相応しい品格を体現していた。

「実にいい娘さんですなぁ。うちのボンクラ息子と交換したいくらいだ」

近本造船の社長が、笑いながら華厳に言う。

「ご冗談を。社長のご子息も優秀な大学を出ているではありませんか」

「学歴と能力は別物ですよ。あれはまだまだ未熟で、当分は跡を継がせるわけにはいきませんなぁ」

残念そうに、社長は言った。

此花家の使用人がテーブルに置かれた皿を回収し、また新たな料理を配膳する。

「おや、肉はないんですか?」

「本日はランチですから、少し軽めのメニューにしておきました。ディナーでしたら、もう少し豪華なものにしておきましたが……」

「夜には別件が入っていまして。私も本当ならディナーを希望したかったところですよ」

ははは、と社長と役員たちが笑う。

「雛子ちゃんも、年頃の学生だろう。もう少しボリュームのあるものが食べたかったんじゃないか？」

「いえ、私は小食ですから、もう十分ですよ」

作った笑みを浮かべて、雛子は告げた。

その美しくて礼儀正しい振る舞いを見て、近本造船の社長は顎に指を添える。

「いやはや、噂に違わぬ良い娘さんだ。これなら嫁ぎ先も、いくらでも選べるでしょう」

「そうなれば親として冥利に尽きますが、生憎まだそういった話は決まっていませんね」

華厳が答えると、社長は軽く目を丸くした。

「おや、そうなんですか。此花さんの娘さんなら、許嫁がいてもおかしくありませんが……」

「以前はいましたが、諸事情で関係を解消いたしまして。今はいませんよ」

「ほぉ」

社長の瞳が、スッと細められる。

「実は、私の知人に縁談を求めている者がいまして」

華厳は一瞬だけ笑みを浮かべそうになったが、すぐにそれを堪えた。

「詳しく伺ってもよろしいですか？」

「ええ。その知人は海外との取引が盛んな一家でして。事業の規模はまあまあですが、セレブ層と関わる家業のため、礼儀作法が正しい方との縁談を希望しているようでした。まあ、所詮は私の思いつきですが……娘さんなら知人も気に入るかと思いまして」

「……なるほど。相手は、そのお知り合いのご子息ということで」

「そうなります。確か歳は、二十代の前半だったかと」

相槌を打ちながら、華厳は此花家の未来について考えた。

造船会社の社長の知人。海外との取引が盛んな一家。となれば、事業は貿易に関連するもので間違いないだろう。規模はそれほど大きくないが、セレブ層を対象とした商売を行っているということは、独特な市場を抱えていると推測できる。

「検討させていただきます」

「ははは、これは望み薄ですかな？」

「まさか。真剣に考えますよ」

社交辞令ではないことを伝え、華厳はカップを口元で傾ける。

皿が回収されて、本日最後のメニューがテーブルに置かれた。

「デセールが来ましたね」

「ほぉ、焼き菓子ですか。偶にはこういう優雅な会食も悪くないものですな」

近本造船の社長は「偶には」と口にしたが……華厳は、この男が焼き菓子を好むことをあらかじめ調査していた。案の定、目の前の社長は上機嫌に菓子を頬張る。

「此花さん。先程の話、一応、知人にも伝えておいてよろしいですか？」

「ええ。手前味噌ではありますが、娘の器量は保証します」

知人の子息が雛子に相応しいかどうかは、現時点ではあまり関係ない。

重要なのは人脈を繋げることだ。仮にこの縁談が上手くいかなかったとしても、また今回のように、次の縁談が転がり込んでくるかもしれない。

「雛子、そういうわけだから――」

華厳が娘の名を呼びながら、振り向いたその時。

雛子は丁度、テーブルに落ちた焼き菓子の欠片を指先で拾い上げている最中だった。

役員たちが口を開いたまま硬直する。雛子は、急速に冷える空気に気づかないまま、テーブルに落ちた欠片を素早く口に含んだ。

――三秒ルール。

そう、口にしようとした直後。

雛子は、ここに伊月がいないことと、今は会食の最中であることを思い出した。

「……あ」

小さな声が、雛子の唇から漏れる。

「ふむ」

近本造船の社長は、顎髭を軽く指で撫でながら言った。

「……少々、評判とは違うようですな」

その瞬間、俺は雛子がやらかしたことを察した。

――あっ。

恐らく、雛子と同時に声を漏らす。

雛子自身も己の過ちに気づいたのだろう。だがもう遅い。

会食は滞りなく再開された。一見すれば、何も問題なかったように見えるが……華厳さんの表情が一瞬だけ険しくなったことには気づいた。

「マズいですね」

隣で静音さんが呟く。

「どう、なるんでしょうか……」

「分かりません。ですが、これは……華厳様の性格を考慮すると、限りなく最悪に近い事態です」

普段、冷静に物事を語る静音さんが緊張していた。

固唾を呑みながら会食の終わりを待つ。凡そ十分後、帰り支度を済ませた会食の参加者たちが、別荘から出てきた。

「本日はお越しいただき、ありがとうございました」

「いやぁ、今日はとても楽しかったですよ。偶にはこういう息抜きも必要ですな」

畏まって礼をする華厳さんに、客人である社長と役員たちは上機嫌に挨拶をする。

蟠りはないように見えたが……近本造船の社長が、思い出したかのように口を開いた。

「ああ、それと此花さん。例の縁談についてですが、あれについては無かったことにしてください。一応、私も紹介するとなると、面子が関わりますんでね」

「……はい」

「ははは、そこまで気にしないでくださいよ。こう言ってはなんですが、所詮はこの場にいない第三者の話です。私としては、今後も此花さんとは公私ともに仲良くしたいと思っていますので」

「ええ、私もそう思っています」

客人たちが車に乗り、別荘を離れる。

やがて、全ての客人を見送った後、華厳さんはこちらに振り向いた。

「静音」

「はい」

「雛子に、あのような醜い仕草を教えたのは誰だ」

「それは……」

静音さんが言い淀む。

その空気に耐えきれず、俺は名乗り出ることにした。

「……すみません。俺です」

正直に白状すると、華厳さんは溜息を吐いた。

まるで薄々そうだろうとは思っていたかのように。

「常々思っていた。お世話係は、本当に必要なのかと」

華厳さんは言う。

「知っての通り、雛子は素の性格と演技中の性格で大きなギャップがある。それ故、演技による負担は大きく、時折ボロを出しかける。お世話係の役割は、そのボロを隠して最大限のフォローをすることだが……やはりこれは回りくどいやり方だ」

雛子を一瞥して、華厳さんは続ける。

その目は、とても親が娘を見る目とは思えないくらい冷たかった。

「最初からボロを出すこと自体を許容してはならなかった。……素の性格なんてものを持っているから、こういう事態になる。お世話係は、雛子の甘えを助長させる存在だ」

独り言のように呟いた華厳さんは、静音さんに視線を注いだ。

「静音。今後は雛子に、公私ともに演技を徹底させろ」

「公私ともに、ですか？」

「そうだ。学院にいる間だけではなく、屋敷にいる時も常に演技をさせておけ」

「……そんなことをすれば、お嬢様はすぐに倒れてしまうかと思いますが」

「なおせ」

短く、厳しく、華厳さんは言う。

「倒れるからといって甘やかした結果がこれだ。持病というわけでもあるまいし……これ以上は我慢ならん。どうにかして克服しろ。必要なら時間も指導者も用意する。……此花家に生まれた以上、家名を守ることは果たすべき義務だ」

その言葉を聞いて、俺の脳裏に最悪の未来が過ぎった。

――倒れるとか倒れないとか、そういう問題ではない。

公私ともに演技をするということは。

雛子の、素の性格を……完全に封じ込めるということである。

「ま、待ってください！」

思わず俺は華厳さんを呼び止めた。こちらへ振り向く華厳さんの表情は酷く冷たい。一瞬、鼻白むが、俺は震えた声で言葉を発した。

「その……俺のせいで、会食が台無しになってしまったのは謝ります。でも、いくらなんでもそれは――」

「君のせいではない」

「……え？」

「元々、お世話係は短い期間で辞めていく者が多かった。だから君もきっとそうなるだろうと思っていた。……君が雛子に与える影響は、些細なものだと勝手に予想していた。悪いのは君ではなく、そう判断してしまった私と、易々と影響を受けてしまった雛子だ」

深々と、後悔を顔に刻みながら華厳さんは言った。

「静音。屋敷に戻ったら、伊月君に給料を」

「……畏まりました」

短い会話の応酬に、俺は首を傾げた。

「給、料……？」

確かに、そろそろ給料日ではある。

しかし今日、急に払われる理由は……。

「今後、雛子にお世話係はいらない」

華厳さんは、眦鋭く俺を睨んで言った。

「伊月君。君の仕事は、本日をもって終了とする」

二時間後。俺は、閉じられた大きな門を見つめながら、唖然としていた。

「……嘘だろ」

天下の此花グループを纏めるだけあって、華厳さんの手際のよさは尋常ではなかった。

別邸に戻った後、俺はすぐに華厳さんから荷物を纏めるようにと命令された。唐突な解雇になったため、給料とは別の金も手渡されている。「行き先がないなら、暫くはこの金で凌ぐといい」と告げた華厳さんの冷徹な表情は有無を言わせぬ迫力があった。

破格の手切れ金を渡された俺は、あっさりと屋敷から追い出された。

たった一日で……たったの数時間で、今までの日々が瓦解した。

貴皇学院にも、もう通えないだろう。編入時と同じように、きっと退学の手続きも迅速に行われる。此花家の力は強大だ。後始末なんていくらでもできるだろう。

「ははっ」

乾いた笑みが口から零れる。

「……まあ、元々、夢みたいな生活だったしな」

諦念が頭を支配する。

いっそ全部、夢なら良かった。それなら――雛子が苦しむこともないのに。

「……雛子」

このままでは雛子が、今まで以上に辛い日々を強いられる。

しかし今の俺は、堂々と華厳さんに文句を言えない。

――元はと言えば、俺のせいだ。

華厳さんは俺に責任がないと言っていたが、そんなことはない。俺が三秒ルールなんてくだらないものを雛子に教えてしまったことが全ての原因だ。更に俺は、雛子がそうした庶民の慣習に並々ならぬ関心を持っていることを、知った上で放置していた。

責任は俺にある。そう思うと……何もできない。

「伊月……？」

あてもなくフラフラと街を歩いていると、誰かに声を掛けられた。

ゆっくりと振り返る。そこには見知った少女がいた。

「……成香」

黒髪を太腿まで伸ばして結った少女が、そこにいた。

「どうしたんだ？　こんなところで」

「散歩中だ。言っただろう、私は父に勝ったことで自由を手に入れたのだ。今では多少の外出が許されて——」

得意気に告げる成香は、そこでふと俺の顔を見て、言葉を止めた。

成香は、その表情を不安気なものに変え、

「……伊月、どうした？　何があった？」

心配そうに成香が尋ねる。

平静を装うつもりだったが……胸中に蟠る感情は隠し通せるものではなかったらしい。

「実は——」

此花家へ迷惑を掛けたくないので、秘密にするべき内容は秘密にしたまま説明する。

俺のせいで、雛子が人前で粗相をしでかしたこと。その責任を負って、俺は此花家を追い出されたこと。そして雛子に対する監視が強化されること。この三つを成香に伝えた。

「……そうか」

全てを聞いた成香は、神妙な面持ちで言った。

「あの此花さんが、人前で粗相か……信じがたいが、その様子だと確かなようだな」

よほど暗い態度をしているのか、成香は一層心配そうに俺を見つめた。

「此花家ほどではないが、都島家も大きな家柄だ。だから、なんとなく事情は分かる。きっと此花さんも、私の知らないところで苦労していたんだな」

「……ああ」

全貌を語らなくても成香は状況を察してくれた。

「此花さんは、どうなったんだ？」

「詳しいことは分からない。ただ、あの様子だと、今まで以上に束縛されることになると思う。もう、お茶会や勉強会みたいなことも、できないかもしれない」

「そうか……此花家は本当に厳しいな。たった一度の失敗で実の娘を縛りつけ、伊月も追い出してしまうとは」

華厳さんは、雛子を実の娘と思っていないのかもしれない。少なくとも今までの華厳さんの言動に、雛子を娘として大切に思う気持ちは込められていなかった。

「全部……俺のせいだ」

思わず、本音を吐露する。

「俺が余計なことを教えなければ、こんなことにはならなかった」

今となっては後悔しかない。雛子の寂しさを埋めるために、俺は精一杯努力すると決意した。その結果がこれだ。俺は雛子を、今まで以上に苦しめることになってしまった。

「所詮、俺は礼儀も知らない庶民だ。……こんなことになるくらいなら、最初から雛子と関わるべきでは――」

「――それは違う！」

成香が大きな声で言う。

「伊月、それは違う。伊月は決して間違っていない！」

いつもの成香からは考えられないほどの剣幕に、俺は目を見開いて驚いた。

「成香……？」

「昔の私を思い出せ！」

真っ直ぐこちらの目を見据えながら、成香は言った。

「私は、かつて自由に外へ出ることを禁止されていた！　だが伊月は、そんな私の世界を変えてくれたんだ！　私はあの日のことを今でも鮮明に覚えている！　自分がどれだけ狭い世界で生きてきたのか、思い知らされたんだ！」

感極まった様子で、成香は続ける。

「伊月がいなかったら、きっと私は今でも外の世界を怖がっていただろう。駄菓子の美味しさも、買い物の仕方も……街のざわめきも、公園の長閑な雰囲気も、全部知らなかった筈だ。……だから私は、伊月に感謝している。とても言葉では表せないくらい、私はお前に感謝しているんだ」

そう言って、成香は視線を下げた。

「きっと、此花さんも同じだ」

悲しげに、成香は呟く。

「必要なもの以外、何一つ教わることなく育てられる。それはとても寂しいことだ。伊月はきっと、私だけでなく此花さんも、その孤独から救ってみせたのだろう」

そこまで言って成香は、再び俺の目を見つめた。

「自信を持ってくれ。私は伊月の、そういうところが…………すっ、すすっ」

途端に頬を赤く染めた成香は、視線を逸らしながら、続きを告げる。

「すっ……凄いと、思う……」

何故か最後の締め括りだけ、成香は落ち込みながら口にした。

まるで本当に伝えたい言葉を妥協して、他の言葉で代用したかのようだったが——それでも成香の言葉は、十分、俺の胸に響いた。

——そうか。

俺にとっては、くだらないことでも。

俺にとっては、当たり前で面白味のないことでも。

雛子や成香にとっては、大切なものになるかもしれないんだ——。

「成香……ありがとう」

礼を言いながら、俺は此花家での日々を思い出した。

これは決して自惚れではない。

客観的に考えても、これだけは絶対に間違っていないと断言できる。

——雛子は俺が傍にいて、迷惑とは感じていなかった。

雛子は俺に一定の信頼を注いでいる。

なら俺は、その信頼に応えてみせたい。

まだ俺は、雛子の気持ちに応えられていない。

「……よし」

いつの日か心に決めたことを思い出す。

雛子は、あんな小さな身体で、とてつもなく大きなものを背負っているのだ。

誰かが優しくしなくちゃいけない。

親も、使用人も、その役割を果たさないなら――お世話係が担ってみせる。

「行ってくる」

「……何処に？」

「此花家の屋敷」

励ましてくれた成香に、俺は告げる。

「ちょっと――直談判してくる」

暗い気分はもう消えた。

成香のおかげで復活した自信を胸に、俺は此花家の屋敷を目指した。

一度も振り返ることなく走り去る伊月の背中を、成香は微笑を浮かべて見届ける。

「……雛子、か」

よほど余裕がなかったのだろう。

結局、伊月は最後まで、自分が口を滑らせたことに気づかなかった。

「あぁ…………て、敵に塩を、送ってしまった……っ!!」

恩人が困っていたのだから、それを助けるのは当然だ。

後悔はない。が、それとこれでは話が別。

成香は頭を抱えた。

あの二人……本当は、どういう関係なんだ。


伊月が再び此花家の屋敷に向かう一方。

部屋のベッドに腰掛ける雛子の目の前で、唐突にドアが開いた。

「失礼します」

扉の向こうから、使用人の静音がやって来る。

「お嬢様。お体の調子はどうですか？」

「……別に、普通」

気怠そうに答えた雛子は、ごろんとベッドに寝そべった。

今日は休日なので学院には通っておらず、会食に参加しただけだ。仮面を被っている時間はいつもより短い。それでも偶に、今までのストレスが影響して倒れることがある。

特に、今日は雛子にとって不都合な出来事があった。

だから静音は一度仕事を中断して、雛子の部屋を訪れたのだ。万一のことがあってはならないと、様子を確かめるために。

「静音。……伊月は？」

「……伊月さんは既に屋敷を出ました」

静音がそう答えると、雛子は視線を下げた。

「伊月……一ヶ月も、お世話係だったんだね」

「……長かったね」

「そうですね」

何を考えているのかよく分からない雛子の言葉に、静音は淡々と相槌を打った。

雛子の声音は悲しそうにも聞こえるし、興味なさそうにも聞こえる。

もしかすると雛子は、伊月が去ったことをそこまで気にしていないのかもしれない。そんな風に、静音は考えたが――。

「……お世話係が駄目なら、使用人として雇えばいいんじゃないの？」

雛子が訊く。

それは、伊月以前のお世話係には、絶対に言わなかった提案だった。

「庭師の人手が足りていないって、聞いたことあるけど……」

「……お嬢様」

「調理人は……？　掃除するだけの人とか……いっぱい、仕事あるよ……？」

「お嬢様」

少しだけ語気を強くして、静音は言う。

「華厳様は、伊月さんをもう雇うつもりがありません」

そんなこと、雛子も当然のように理解できている筈だ。

仮面を被っている時の雛子ならいざ知らず、素の雛子は感情が表に出にくい。だから静音は今になって漸く気づいた。雛子が、現実から目を逸らすほど落ち込んでいることに。

「……いや」

小さく、雛子は言う。

「……伊月に会いたい」

小さな願い事を聞いた静音は唇を噛み、ゆっくりと口を開く。

「それは華厳様がお許しになりません。……今回ばかりは諦めた方がいいでしょう。これ以上、華厳様の機嫌を損ねるのは得策ではありません」

静音の言葉を聞いて、雛子は唇を尖らせる。

「静音は……誰の味方？」

「私は華厳様に雇われる身です」

雛子は一層、不機嫌になった。

「……もういい。それなら、私が捜しに行く」

「なりません」

静音は注がれる鋭い視線を無視して、一礼する。

「私は華厳様の仕事を手伝わなければならないので、これで失礼します。……念のためドアの前に見張りを待機させておきますので、くれぐれも無茶な行動はお控えください」

そう言って静音は踵を返し、部屋を出て行った。

パタリと閉じられる扉を見て、雛子は吐息を零す。

「……静音は、分かってない」

力強く何かを決意するかのように、雛子は両手で布団を握り締める。

「私は、やる時はやる女………………」

キラリとその目を輝かせて、雛子は行動を開始した。

成香と別れた後、俺はすぐに此花家の別邸へと向かった。

華厳さんは今、別邸の方にいる。会食が終わった後、当初は本邸に戻る予定だったらしいが、雛子の生活環境を調べるために別邸へ寄り道したのだ。ついでに執務室で仕事をするとも言っていたので、暫くは別邸に留まるつもりだろう。俺は此花家の本邸が何処にあるか知らないため、なんとしても今日中に華厳さんに会わねばならない。

再び屋敷に戻ってきた俺は、門の前に立つ二人の使用人に睨まれた。

「何しに戻ってきた？」

その声音は冷たい……だが視線には同情の色が込められている。

お世話係として一ヶ月働いてきた俺は、此花家の使用人たちに顔を覚えられていた。目の前にいる二人の門番は、毎日、俺と雛子が登下校する際に顔を合わせている。

「中へ、入れてください」

「……断る。屋敷に入りたければ、正しい手順を踏め」

華厳さんにアポを取ってから来いと言っているのだろう。

しかし俺は、その言葉を受け入れて引き下がるわけにはいかなかった。

——素直に従ったところで、華厳さんが許可してくれる筈もない。

二人の門番を無視して門の前まで向かう。頑丈な門だが足を掛けられる凹凸があった。よじ登って越えることが可能だろう。

「待て」

門に向かって一歩を踏み出すと同時に、二人の使用人がこちらに近づいた。

「それ以上先へ進むなら、君は侵入者だ。我々も然るべき対応を取る」

それは暗に、俺の身を心配している言葉だった。

しかし、こちらには退けない理由がある。

「すみません――っ！」

意を決して、俺は門へと駆け出す。

「なっ⁉」

強引に門をよじ登ろうとする俺に、二人の使用人たちは驚いて駆けつけた。

「このっ、馬鹿野郎！」

「此花家の門番を舐めるな！」

左右から門番が迫る。

ここで捕まってしまえば、もう二度と雛子に会えないかもしれない。そんな不安が焦りを生み、思考がグチャグチャに乱れてしまう――かと思いきや。

俺は、この状況にも拘わらず、自分でも驚くほど冷静だった。

「――え？」

声を出して驚愕したのは俺の方だった。

だが、相手はもっと動揺している。

右方から迫る腕を紙一重で避けた俺は、すぐに門番の懐へ潜り込み、膝のバネを利用してその身体を投げた。門番の背中が地面に打ち付けられ、バン！　と激しい音が響く。

「ぐあっ⁉」

足元で悲鳴を上げる門番から目を逸らし、もう一人に視線を注ぐ。

「な、なんだ今の動き……⁉」

まさか反撃されるとは思わなかったのか、残る一人の門番は萎縮していた。

その隙を突かない手はない。

――身体が勝手に動く。

頭の中で、静音さんから教わった護身術の心得が目まぐるしく反芻される。

我に返った門番がこちらへ近づくが、もう遅い。先に門番へと肉薄した俺は、素早くその腕を掴んで外側へ捻った。体勢を崩したと同時に足元を払い、転ばせる。

「がッ⁉」

二人目の門番も、一人目と同じように倒れた。

「き、貴様……どこでこんな、技術を……」

門番が呻く中、俺は自分の拳を見つめながらここ一ヶ月の日々を思い出した。

以前、静音さんが言っていたことを思い出す。

俺は、護身術の才能には長けているらしい。

「すみません……俺、急いでるんで！」

門をよじ登って敷地内に入る。

倒れた門番は、大きな声を出した。

「侵入者だ！　取り押さえろ！」

一ヶ月ほど此花家で働いていた俺は、屋敷の構造をある程度、把握していた。

正門を越えると同時に茂みの裏に隠れて、足音を立てずに屋敷の裏へ回り道する。使用人たちの巡回コースを思い出し、彼らの位置を推測しながら此花家の敷地を移動した。

「くそっ、何処にいった!?」

「もう一度、正門の方を捜せ！」

遠くから使用人たちの声が聞こえる。彼らに見つからないよう、静かに息を整えた。

「さて、どこから入る……？」

まずは屋敷に入らなければならないが、正規の入り口は当然使えない。

どうするべきか、考えていると――以前、深夜に雛子と散歩したことを思い出す。

庭の奥に向かって、屋敷の勝手口を開いた。狭くて人気がない廊下に出る。

「……ありがとう、雛子」

早速、お気に入りの場所を使わせてもらった。すぐに移動する。

「いたか⁉」

「いや、こっちにはいない！」

屋敷に入っても、大勢の使用人が声を荒らげていた。

大騒ぎになってしまったが、退くつもりはない。どうせ華厳さんも俺と話すつもりはないのだ。なら、こっちだって押し通る。

「見つけたぞー‼」

「げっ」

黒い服を着た此花家の使用人たちが、廊下の向こうからやって来る。

慌てて踵を返して二階への階段を上った俺は、そこでまた別の使用人たちと遭遇した。

「捕まえろ！」

容赦ないタックルが繰り出される。

「捕まって――たまるかッ‼」

俺は斜め後方に跳んでタックルを避け、その背中を蹴飛ばした。

「お、おおっ、うわぁぁっ⁉」

背中を蹴られた使用人はそのまま勢い余って階段を転げ落ちた。

短い階段であるため、大した怪我はしていない。

「こ、こいつ！　手強いぞ！」

「囲んで押さえろ！」

男たちが接近する中、俺は冷静に、静音さんの教えを思い出す。

相手が腕を振りかぶれば――。

「なっ⁉」

拳が繰り出されるよりも早く、こちらから懐へ潜り込み、クリンチを維持しながら背後へ回る。相手の行動を封じながら、すかさず膝を足裏で叩いて跪かせた。

「この、大人しくしろ！」

突き出された拳を避け、その腕を掴む。手首を外側に捻って関節を決めると、相手はその痛みから逃れるように、自ずと転倒した。

「ぐうっ⁉」

小手返しという技だ。

背中から床に転がった使用人の上を跨ぎ、俺はすぐに四階まで駆け上がる。

「静音さん……ありがとうございます」

護身術は、相手を倒す技術ではなく、自分の身を守るための技術だ。

つまりその真髄は——敵から逃げること。今の俺にはうってつけの技だった。

「確か、執務室の方向は……」

華厳さんがいる部屋へと向かう。

執務室は、俺が初めて華厳さんと話した場所でもある。細かな道はうろ覚えだが、方角くらいは記憶していた。

「……ん？」

その時、視界の片隅に変なものが映ったような気がした。

立ち止まって、俺はその正体を確認する。

「……ん？」

窓の外に、細長い布のようなものが吊るされていた。

その布は……カーテンだ。何故かカーテンが上の階から吊るされており、ぶらんぶらんと揺れている。

洗濯物を干しているのだろうか？　とてもそんな風には見えないが……。

不思議に思い、首を傾げていると——そのカーテンを伝って一人の少女が下りてきた。

雛子だった。

「んんんん————————ッ⁉」

何やってんだ、あいつ⁉

慌てて止めようとしたが、その前に雛子は下の階まで下りてしまった。

マズい――もし落ちたら大変だ。

後少しで執務室まで辿り着けたが、今はそれどころではない。

無我夢中で階段を駆け下り、屋敷の外に出た俺は、頭上にいる雛子へ声を掛けた。

「雛子！　何してるんだ！」

紐状に結んだカーテンにぶら下がりながら、雛子がこちらを見る。

「危ないから、早く――」

「……限界」

「は？」

嫌な予感がする。

「受け、止めて……」

「ちょっ」

雛子がカーテンから手をはなす。

華奢な身体が、宙に投げ出され落下した。

思わず両手を広げた俺は、雛子を胸元で受け止めて――。

「——ぐえっ⁉」

強い衝撃に、肺の酸素を全て吐き出す。

「……ナイスキャッチ」

「お、お前、何してるんだ……本当に……」

「伊月に会いたかったから」

そう告げる雛子は、安心したような笑みを浮かべていた。

そんな顔で、そんな台詞を言われたら……怒るに怒れない。

「提案が……ある」

「提案？」

雛子の言葉に首を傾げる。

その内容を聞こうとしたところ、

「お、お嬢様が攫われたぞーーー‼」

屋敷の窓から、俺たちの姿を目撃した使用人が叫ぶ。

「く、くそっ！」

今回ばかりは不本意だが……雛子をこの場に放置するのも忍びない。

提案というのも気になるので、俺は雛子を抱えながら逃走した。

「……また、誘拐されちった」

「……まさか、次は俺が誘拐犯になるとは」

そう言えば、俺たちが出会ったのは誘拐事件が切っ掛けだったな、と思い出す。

まさか今度は俺が誘拐犯になるなんて、当時の俺は露程も思っていなかった。

「……なんとか、まいたか」

茂みに隠れた俺は、辺りに人影がないことを確認して安堵する。

「それで、提案っていうのは？」

「……私が人質になる」

雛子が言った。

「だから、伊月はパパを説得して」

「……それじゃあ説得というより、脅迫になりそうなんだが」

「なら、脅迫して」

躊躇なく物騒な作戦を提案する雛子に、俺は暫し返答を迷った。

真剣に検討した結果、俺はその提案に頷けないと悟る。

「……駄目だ」

「どうして……？」

「そんなことしても、根本的な解決にはならない」

問題をずっと残したまま、表面上だけ平和になっても意味がない。

それに華厳さんは権力者だ。搦め手で解決しても、搦め手で覆されそうな気がする。

「どうにかして、華厳さんを説得しよう。多分、それしか方法はない」

「説得……できるの？」

「する」

根拠のない自信だった。

それでも俺は断言する。

「俺が絶対に、説得してみせる」

雛子を安心させたい。

雛子に無理をして欲しくない。

行き場を失った俺に、居場所を与えてくれた雛子に恩返しをしたい。

そのためなら俺は――どこまでもしぶとく戦ってみせる。

「お嬢様を連れて、何処へ行くつもりですか？」

聞き慣れたその声に、顔を上げた俺は……冷や汗を垂らした。

「……静音さん」

此花家のメイド長である、何でもできる女性。

俺が護身術のレッスンで――一度も勝てなかった相手が、目の前に立ちはだかる。

「確保」

静音さんが短く告げた直後、四方から一斉に使用人が迫った。

「く――っ⁉」

全員に掴まれると身動きができない。

一番、体格が細い使用人の方へ自ら接近し、振り抜かれた拳を避けながら包囲網から外れようとした。今までの使用人たちとは体捌きが違う。皆、冷静で連携も取れている。静音さんが連れてきたということは、徹底的に訓練された使用人なのだろう。

四人中、必ず一人以上が俺の死角に回り込もうとしていた。その動きを察知して、俺は振り向くことなく背後へ回し蹴りを繰り出す。足裏が使用人の胸を捉えた。蹴飛ばされた使用人が悲鳴を上げ、目の前にいる残る三人は驚愕の声を漏らす。その隙を突いて手前にいた使用人へ肉薄し、背負い投げで倒す。

だが、次の瞬間、俺は背後から掴まれた。

「しま――っ⁉」

音もなく接近していた五人目の存在に、今、気づく。

最初に襲ってきた四人は、全員が囮だったらしい。

全力で拘束から逃れようとするが、ビクともしない。

歯を食いしばる俺に、静音さんは悠々と歩み寄ってきた。

「短期間でよくここまで成長しました。飲み込みが早かったので、私もつい本気で鍛えてしまいましたが……期待以上の進歩です」

「……褒めてくれるなら、そこを退いて欲しいんですけど」

「それはできません」

きっぱりと言われた。

「……静音」

雛子が、小さな唇を開く。

「私……これからは、演技を徹底する」

身動きできない俺の傍に、ゆっくりと近づきながら雛子は言う。

「もう二度と演技をやめない。いつでも、どこでも、完璧に演じてみせる。だから……お願い。伊月と一緒にいさせて」

雛子が口にしたその要望に、静音さんは無言で驚いた。

今までの雛子の態度を考えると、その要望は有り得ないものだった。演技をする負担は雛子自身が一番理解している筈。ただでさえ自由でいられる時間が限られているのに、雛子はその全てを捨ててまで俺と一緒にいようとしてくれている。

だからこそ――俺はそれを否定しなくてはならない。

「……雛子、それは違う」

はっきりと俺は告げた。

「俺は雛子に無理をしないで欲しい。そのために、傍にいたい。他の皆が駄目でも、せめて俺だけは――雛子が無理をしなくてもいい相手になりたいんだ」

「……いつ、き」

無理をしてまで一緒にいて欲しいわけじゃない。

先程の、雛子の考えは……俺にとっては本末転倒なのだ。

「だから頼む。俺が守りたいものを、自分から捨てようとしないでくれ」

雛子にとっては、よほど想定外の言葉だったのか。

目の前に佇む少女は、いつも眠たそうな眼を見開いていた。

「……ん」

小さく、しかし間違いなく、雛子は頷いて、

「分かった。……私、伊月を信じる」

呟くようなその声音は、確かに俺の耳へ届いた。

雛子は真っ直ぐこちらを見つめている。その瞳には、同じように雛子を見つめる俺の姿が映っていた。――不思議な感覚だ。言葉を交わさなくても、雛子と気持ちが通じ合っているような気がする。

「盛り上がっているところ、申し訳ございませんが……」

静音さんが口を開く。

問題はここからだ。俺は抵抗の意志を示すべく、静音さんを睨んだが――。

「伊月さん。心配しなくても、貴方が思うような結末にはなりません」

「……え？」

溜息交じりに告げる静音さんに、俺は目を丸くした。

「貴方がお世話係として成し遂げた功績は、すぐに華厳様の耳へ届くでしょう。それまで暫しお待ちください」

「ま、待つって……」

静音さんが何を言っているのか分からない。

その時、静音さんの方から電子音が聞こえた。静音さんはメイド服のポケットからスマホを取り出し、画面を見る。

「いいタイミングですね」

そう言って静音さんはスマホを耳元にあてた。

暫く誰かと通話した後、静音さんは俺の方を見る。

「華厳様に呼ばれましたので、私はこれで失礼します。お二人とも、もう少しだけこの場でお待ちください」

厳しい表情を崩して、静音さんは普段の恭しい様子に戻る。

「静音さん。……貴方は、誰の味方なんですか」

「私は華厳様に雇われる身です」

続けて、静音さんは告げる。

「ですが……私はお嬢様の味方です」


華厳に呼び出された静音は、執務室の扉をノックした。

「失礼します」

扉を開き、静音は執務室に入る。

華厳は大きな机の向こうに座っていた。

「華厳様、ご用件は――」

「──来い」

短く告げる華厳に、静音は小さく頷いて従う。

「なんだ、これは？」

そう言って華厳が見せたのは、机の上に重ねられた複数の書類だった。

「此花家が主催する社交界の招待状……その返事ですね。暫くこちらの屋敷に滞在されるとのことでしたので、本邸に届いたものを取り寄せておきました。華厳様にも、なるべく早くお目通しいただきたいと思いましたので」

「その判断に間違いはない。が……」

書類の束を崩しながら、華厳は言う。

「……この、四人の招待客について説明してくれ」

華厳は四枚の招待状を静音に渡した。

静音は「承知いたしました」と頷き、説明を始める。

「旭可憐様は、ジェーズホールディングスのご令嬢です。ジェーズホールディングスは家電量販店としては国内上位五社に食い込む企業であり、此花グループにとっても大きな取引先となっています」

一人目の説明が終わる。

「大正克也様のご実家は、引っ越しのタイショウで有名な大手運輸業者です。こちらも業界では上位に食い込む企業であり、此花グループの中でも銀行や不動産関連が提携先として選んでいます」

二人目の説明が終わる。

「都島成香様のご実家は、日本最大手のスポーツ用品メーカーを営んでおります。現在、此花グループは、スポーツ用品業界にはあまり参入していませんが、ここでコネクションを得ることができれば取っかかりになるかもしれません」

三人目の説明が終わる。

「そして、天王寺美麗様は、知っての通り天王寺グループのご令嬢です。此花グループとは競合関係にありますが、同じ規模のグループとして非常に重要なコネクションになるかと。手を組めば、確実に大きな利益を生みます」

四人目の説明が終わる。

全員の説明を終えた静音は、最後に一言だけ付け加えた。

「なお、この四人は――いずれもお嬢様のご学友です」

静音の説明を聞いて、華厳は額に手をやった。

その表情は、明らかに戸惑いを浮かべていた。

「……旭も、大正も、今まで招待こそしていなかったが悪くない取引先だ」

呟くように、華厳は言った。

「都島は社長と面識はあったが、社交界にはあまり参加してくれなかった。しかしつい先程、その社長から『娘が参加するなら私も是非』という理由で、社交界へ参加してくれることになった」

僥倖である。静音は内心でそう思いながら頷いた。

「天王寺にいたっては……当然、当主との面識はあったが、娘の参加はこれが初めてだ。今までは良くも悪くも表面上の付き合いだったが、これを機により強固な信頼関係を築けるかもしれない。天王寺家は、数字よりも人間を重視する……上手くいけば他のグループを出し抜けるぞ」

後半は独り言のように、華厳は言う。

四枚の招待状に改めて目を通した華厳は、深く息を吐いてから静音を見た。

「どれも貴重な人脈だ。……この全てを、雛子が招待したのか？」

「そうなります」

「今までは誰も招待しなかったのに……ここにきて急に、これほどの繋がりを得るとは」

戸惑いの色を濃くして、華厳は呟くように言う。

「僭越ながら申し上げます」

黙り込む華厳に対し、静音が言った。

「もし、お嬢様の変化を喜ばしいと思っておられるのであれば……その功労者を、ここで手放すのは得策ではないかと」

「……功労者か」

静音の意図を、華厳は察する。

「提携中とは言え、関わりが薄い造船会社と、今後重要なコネクションと成り得る大手四社……」

失ったものと得たものを、華厳は比較する。

ほんの一ヶ月前に知り合ったばかりの、試験的に雇っただけの少年のことを思い出す。

その少年に対する感情は、いつの間にか——驚愕から感心へと変わっていた。

「……どちらを優先するべきかは、明白だな」

答えはすぐに出た。

溜息を零し、華厳は言う。

「伊月君を呼び戻せ」

エピローグ

お世話係の解任が急遽、取り消しになってから、一週間が過ぎた頃。

俺は、此花家が主催する社交界へ参加することになった。

「着心地はどうですか？」

「大丈夫です」

静音さんが丁寧に衣装をチェックしてくれる。

天下の此花グループが主催するだけあって、社交界は煌びやかなものになるらしい。既に会場には大勢の客が集まっており、いつでも社交界が始められる状態だ。

「今回、伊月さんは表向きの立場として……つまり中堅企業の跡取り息子として、社交界へ招待されている体裁です。マナーに自信がないようでしたら、せめて目立たない行動を心掛けてください」

「分かりました」

淡々と業務をこなす静音さんに、俺はふと、口を開く。

「静音さん。改めて、ありがとうございます」

こちらに振り向く静音さんに、俺は続けて言った。

「会食での一件を不問にして、俺を再びお世話係として雇うよう華厳さんに打診したのは、静音さんですよね？」

「……確かに、そう打診したのは私ですが、それを可能にしたのは伊月さんの功績です」

俺の首に巻かれたネクタイをきゅっと締めながら静音さんは言う。

「とは言え、あの日は少々肝を冷やしました。華厳様を説得するには、言葉だけでは不十分だと判断し、本邸から取り寄せた招待状を直接見せてから説得を試みるつもりでしたが……まさかその前に、伊月さんがあんな大胆な行動に出るとは」

「……すみません」

あの日、静音さんが口にした言葉を、俺は今も覚えている。

私は華厳様に雇われる身ですが、お嬢様の味方です。――静音さんはそう告げていた。きっと静音さんも、俺の知らないところで雛子のために奔走してくれていたのだ。

「それでは、私は仕事に戻ります」

衣装のチェックを終えた静音さんが言う。

「社交界の間は、気を抜かないことは勿論ですが、余裕があれば周りにいる方々の様子を観察してみるのもいいでしょう。勉強になるかと思います」

「分かりました。……俺にとっては、この社交界も修行みたいなものですね」

「当然です」

静音さんは言う。

「伊月さんには、今後も成長してもらわなくてはなりませんから」

そう言って静音さんは踵を返した。

今後。その言葉は胸に安堵を与えた。少なくとも静音さんは、俺のお世話係としての日々がこれからも続くと考えている。

数分後、社交界が始まった。

政界の大物や、大企業の社長や役員たち、およびその関係者たちが一堂に会する。華やかなその会場に足を踏み入れた俺は、瞬時に居たたまれない気持ちになった。

「……場違いだなぁ、俺」

静音さんにも目立つなと言われていたし、大人しくしておこう。

視線を避けて壁際まで移動する。

「やあやあ、友成君！」

突然、背後から声を掛けられて、俺は肩を跳ね上げた。

振り替えると、そこには見知った人物が二人いる。

「旭さんに、大正君ですか……」

「よっ」

元気が有り余っている旭さんの隣で、大正も気軽に挨拶をした。

二人は俺と違って社交界の空気に慣れているのか、堂々とホールを歩いて近づいてくる。

「お、友成、いいスーツ着てるな。それイタリアのブランドだろ？」

「はい。この日のために用意したものです。正直、着慣れませんが……」

「あー……俺も似たような感じだ。まあ、今回は此花家の主催だからな。下手な衣装で恥を掻くわけにはいかねぇし、気を遣っといて損はないと思うぜ」

大正の言う通りだろう。

頷いた俺は、旭さんの衣装にも注目する。

「旭さんも、華やかなドレスですね」

「でっしょー!? どう、見惚れたっ!?」

「え、ええ、見惚れました……」

くるりと身体を一回転させて胸を張る旭さんに、俺は苦笑しながら答えた。

若干、背伸びしている感じはするが、皆まで言うまい。

「友成、正直に言っていいぜ。馬子にも衣装だってな」

「あはは！　大正君、面白いこと言うね。ちょっとこっち来ようか？」

大正が、旭さんに耳を引っ張られてどこかへ消えた。

二人の背中を見届けると、すれ違うように金髪の少女が近づいてくる。

「相変わらず、騒がしい方々ですわね」

溜息交じりにそう呟いたのは、天王寺さんだった。

「ですが、どのような環境でも気ままに過ごせるというのも、ひとつの才能かもしれませんわね」

「……そうですね」

会場の隅の方で萎縮している俺にとっては、強く突き刺さる言葉だった。

「い、伊月ぃ……」

背後から、聞き慣れた声がする。

「……成香か」

「うぅ……助けてくれ。なんだこの、華やかな空間は。眩しい……眩しすぎるぞ……」

青褪めた顔で弱音を吐く成香。

その様子に、天王寺さんは嘆息した。

「都島さん……貴女、そんな調子ではこの先やっていけませんわよ」

「そ、それはそうだが、これればかりは性分というか……」

「まったく。……いい機会です。一度、荒療治してみればどうですか？」

「あ、荒療治？」

「わたくしと一緒に挨拶回りへ行きましょう。幸い、この会場にはあらゆる業界の大物がいらっしゃいますから、話しているうちに度胸もつく筈ですわ」

「い、嫌だ！　そんなことをしたら死んでしまう！」

半泣きになっている成香を、天王寺さんは強引に何処かへ連れて行った。

旭さんたちに負けず劣らずの騒がしさである。

「皆、楽しんでるなぁ……」

遠ざかる少女たちの背中を見届け、俺は呟く。

少し喉が渇いたので、飲み物を取りに行く。

その途中で、俺はスーツを見事に着こなした男性を見つけた。

意を決し、こちらから声を掛ける。

「華厳さん」

こちらに振り向く華厳さんに、俺は頭を下げた。

「この度は、便宜を図っていただき、ありがとうございます」

「……ほう」

華厳さんは、少し意外そうな顔をした。

「てっきり、恨み言のひとつやふたつ、言われるかと思ったが」

「言ったところで意味はありませんし……折角、俺にとってはいい結果になったんですから、ここで自分の首を絞めるような真似はしませんよ」

この状況で華厳さんの機嫌を損ねるメリットはない。

そう告げる俺に、華厳さんは落ち着いた眼差しを注いだ。

「君はもっと直情的な人間かと思っていたが、それなりに頭を回すことはできるみたいだな。……それでもあの日は、私のもとまで駆けつけようとしたわけか」

華厳さんはそう呟いて、踵を返す。

ワイングラス片手に歩き出した華厳さんは、俺を手招きした。場所を変えたいらしい。

向かう先は、ホールと繋がっているバルコニーだった。少し歩いて角を曲がると、人の耳目がない落ち着いた場所に出る。華厳さんはそこで立ち止まり、手すりに肘を置いて一息ついた。俺は無言でその隣に立つ。

「雛子は天才だ」

不意に、華厳さんが言った。

「貴皇学院でも、一番の成績みたいですからね」

「そういう次元の話ではない」

口元でグラスを傾けて、華厳さんは語る。

「雛子は、性格こそ問題だが、実務に関しては天賦の才を持っている。……ああ見えてあの子は、此花家の血筋に相応しい才能を受け継いでいるんだ」

遠くを見つめながら、華厳さんは言った。

「だからこそ、私は雛子に家を継いで欲しい。無論、表向きは婿養子が継ぐことになるが……あの才能を活用しない手はない。学院を卒業すれば時間の束縛からは解放されるし、仕事用の個室でも与えれば負担もぐっと減るだろう。今を乗り越えれば、活路が開ける」

華厳さんが見ている未来が、少しだけどんなものか理解できたような気がした。

もっとも、理解したところで共感はできないし、納得もしたくない。

「……どうしても、雛子じゃないと駄目なんですか？」

「ははっ、代わりがいるなら私の方から飛びつくさ」

華厳さんは笑みを浮かべる。

「ただ、此花家は重い」

笑みをすぐに消した華厳さんは、神妙な面持ちで言った。

「グループ全体の従業員数、凡そ八十万人。その全ての人生を背負うには、生半可な才能では足りないんだ。たったひとつの失敗で、多くの従業員が犠牲になることもあるし……重圧に押し潰されて、大切な人を失うこともある」

そう言って、華厳さんは薬指に嵌めた指輪を撫でる。

以前、静音さんから聞いた話によると、此花家では当主だけでなくその妻も仕事に関わるらしい。しかし……華厳さんの妻は、既に亡くなったと聞いている。

きっと華厳さんは過去に、何かあったのだろう。

しかし、だからといって雛子を蔑ろにしていいわけじゃない。

「華厳さんは、雛子のことをどう思っているんですか？」

ずっと訊きたかったことだった。

華厳さんは、視線を下げて答える。

「私は娘より家を優先した。その時点で、私にとっては娘も息子も、此花家の歯車だ」

手すりに置いていた肘を持ち上げ、華厳さんはホールの方を向く。

「勿論……私自身もね」

小さくそう呟いて、華厳さんはバルコニーを後にした。

ゴチャゴチャになった頭を冷やすために、暫くバルコニーに留まることにした。

肌寒い夜風が頬を撫でる。ホールの熱気も、ここには届かない。

「伊月」

誰かに声を掛けられる。

「……雛子」

琥珀色の髪をした、可愛らしい少女がそこにいた。

白い綺麗なドレスを身に着けた雛子は、小さな歩幅で近づいてくる。

「どうしてここに？」

「パパが、伊月はここにいるって、言ってたから……」

「……そうか」

周囲に人の目はない。だから雛子も今は素の自分に戻っている。

「お世話係……続けてくれて、ありがと」

バルコニーの手すりに触れながら、雛子は言う。

「あの時、伊月が言ってくれたこと……凄く、嬉しかった」

それはきっと、静音さんの前で啖呵を切った時のことだろう。勢い余って色んな思いを
ぶちまけてしまったため、俺にとっては若干、恥ずかしい記憶だが……雛子が嬉しく感じ

ているなら、問題ないかもしれない。

「私……これからも、伊月を信じるね」

純粋無垢な瞳で見つめられる。

その態度が、表情が、言動が、俺の感情を強く揺さぶった。

「……おう」

動揺を押し殺して返事をする。

偶に——忘れてしまいそうになる。

雛子は俺のことを異性として見ているわけではない。そんな雛子の期待に応えるためには、俺も必要以上に雛子を異性として見てはいけないのだ。

「ふぃー…………」

手すりに顎を乗せた雛子が、気の抜けた声を漏らす。

「大丈夫か？」

「いっぱい挨拶して、疲れた。……頭撫でて」

「……はいはい」

頭を差し出してくる雛子に、俺は苦笑する。

やはり、俺に求められているのは家族代わりの温かさなのだろう。その期待に応えるべく、俺はできるだけ優しく雛子の頭を撫でた。

「……む？」

いつも通りに撫でると、雛子が奇妙な声を漏らす。

「……む？　……む？」

頭を撫で続けると、その顔はみるみると紅潮していき――。

「……むっ⁉」

耳の先まで真っ赤に染まった雛子は、途端に大きく後退った。

目を見開いて、雛子は困惑している。

「あ、れ……？」

「どうした？　急に顔が赤くなったが……」

「……なんでも、ない」

自分でも何が起きたのか分からない様子で、雛子は戸惑っていた。

体調を崩したのかもしれない。心配になった俺は雛子に歩み寄る。

「体調が悪いなら、無理しない方が――」

「な、なんでも、ない、から……っ！」

妙に焦りながら、雛子はまた後退る。

――あれ？

まさか、俺……避けられてる？

俺の知る限り、雛子がここまで分かりやすく動揺したのは初めてのことだ。……そんな、はっきりと感情を吐露するくらい、俺から離れたいのだろうか。

馴れ馴れしかったか？

いや、でも頭を撫でるくらいのことは、今まで何度もしてきた筈だ。

「……変」

真っ赤な顔を隠すように、雛子は両手で頬に触れながら、不思議そうに呟く。

「私……なんか、変……」

あとがき

坂石遊作です。本書を手に取っていただきありがとうございます。

僕はページ数のコントロールがとても苦手なので、あとがきのスペースが狭くなってしまいました。他の作品でも度々やらかしています。すみません……。

本作「才女のお世話」は、お金持ちの子女が集まる学校を舞台にしたラブコメです。ラブコメが好きな方、またはお嬢様なヒロインが好きな方、是非お楽しみください。リッチでゴージャスで麗しくて気高くて……そしてそれ故に様々な悩みを抱えがちな、そんなヒロインたちを愛していただければ幸いです。


【謝辞】

本作の執筆を進めるにあたり、編集部や校閲など、ご関係者の皆様には大変お世話になりました。みわべさくら先生、この度は素敵なイラストを作成していただきありがとうございます。色んなお嬢様を描いていただきましたが、どれも個性豊かで大変魅力的です。

最後に、本書を手に取って頂いた皆様へ、最大級の感謝を。

HJ文庫 936 http://www.hobbyjapan.co.jp/hjbunko/

才女のお世話 1

高嶺の花だらけな名門校で、学院一のお嬢様（生活能力皆無）を陰ながらお世話することになりました

2021年5月1日　初版発行
2021年8月30日　2刷発行

著者──坂石遊作

発行者─松下大介
発行所─株式会社ホビージャパン

〒151-0053
東京都渋谷区代々木2−15−8
電話　03(5304)7604（編集）
　　　03(5304)9112（営業）

印刷所──大日本印刷株式会社

装丁──coil／株式会社エストール

Printed in Japan

ISBN978-4-7986-2491-4　C0193

ファンレター、作品のご感想お待ちしております

〒151−0053　東京都渋谷区代々木2−15−8
(株)ホビージャパン HJ文庫編集部 気付
坂石遊作 先生／みわべさくら 先生

アンケートはWeb上にて受け付けております

https://questant.jp/q/hjbunko

- 一部対応していない端末があります。
- サイトへのアクセスにかかる通信費はご負担ください。
- 中学生以下の方は、保護者の了承を得てからご回答ください。
- ご回答頂けた方の中から抽選で毎月10名様に、HJ文庫オリジナルグッズをお贈りいたします。